A Floresta dos Cinco Poderes

Cleyson Lima

A Floresta dos Cinco Poderes

1ª IMPRESSÃO
2019

PandorgA

Todos os direitos reservados
Copyright © 2019 by Editora Pandorga

Direção Editorial
Silvia Vasconcelos
Produção Editorial
Equipe Editoral Pandorga
Preparação
Larissa Caldin de Oliveira
Revisão
Sônia Carvalho (CS EDIÇÕES)
Diagramação
Cristiane Saavedra
Capa
Gisely Fernandes (CS EDIÇÕES)

Todos os direitos reservados e protegidos pela lei 9.610 de 19/02/1998. Nenhuma parte deste livro, sem autorização prévia por escrito do autor, poderá ser reproduzida ou transmitida sejam quais forem os meios empregados: eletrônicos, mecânicos, fotográficos, gravação ou quaisquer outros.

Texto de acordo com as normas do Novo Acordo Ortográfico da Língua Portuguesa
(Decreto Legislativo nº 54, de 1995)

Dados Internacionais de Catalogação na Publicação (CIP)
Ficha elaborada por: Aline Graziele Benitez CRB-1/3129

L54f   Lima, Cleyson da Silva
1.ed.   A floresta dos cinco poderes / Cleyson da Silva Lima. – 1.ed. – São Paulo: Pandorga, 2019.

128 p.; 14 x 21 cm.

ISBN: 978-85-8442-303-3

1. Literatura brasileira. 2. Romance. 3. Ficção. 4. Fantasia. I. Título.

CDD 869.93

Índice para catálogo sistemático:
1. Literatura brasileira: romance
2. Romance: ficção
3. Fantasia

2019
IMPRESSO NO BRASIL
PRINTED IN BRAZIL
DIREITOS CEDIDOS PARA ESTA EDIÇÃO À
EDITORA PANDORGA
RODOVIA RAPOSO TAVARES, KM 22
GRANJA VIANA – COTIA – SP
Tel. (11) 4612-6404
WWW.EDITORAPANDORGA.COM.BR

Batalha nas Águas

CAPÍTULO 1

Descoberta do príncipe

Na agitação urbana de uma grande cidade morava um jovem chamado Joe, acostumado a brincar pelas ruas sempre correndo e se escondendo pelos vários comércios da região, pregando sustos e peças em todos que por ali passavam. Seu lugar favorito, no entanto, era o velho porão empoeirado da antiga casa de seu falecido avô: um lugar abandonado, prestes a ser demolido por uma construtora cujo objetivo era construir um imenso shopping de alto padrão.

Imaginar a vida através de todas aquelas relíquias —já sem utilidade no mundo moderno — e criar suas próprias aventuras, era de fato, uma grande diversão para Joe. O velho relógio cuco, a antiga máquina de escrever, luminárias e antigos instrumentos musicais traziam à sua mente, histórias contadas por seu avô de forma mágica, com grandes batalhas, seres encantados, reis, rainhas e uma linda e bela floresta. Naquele porão, viviam as melhores aventuras de sua infância, era onde ele podia interpretar qualquer papel longe da dura realidade de sua vida. O porão era seu mundo perfeito.

Joe invadiu a antiga casa de sua família como fazia todas as manhãs antes de sair atrás de algo para comer. Nessa manhã, usava uma lanterna recuperada de uma lata de lixo da loja de eletrônicos do bairro; seguiu iluminando os pequenos cômodos e se lembrando de quando seus pais e avós moravam ali; passou pela antiga sala, observando a velha poltrona, os armários e a discreta mesinha de centro, tudo muito destruído pela ação do tempo. *Nada é para sempre*, pensou ele enquanto observava os detalhes de cada lugar. Passou lentamente pela cozinha, caminhando em direção ao velho e conhecido porão, desceu os degraus pisando com todo o cuidado para não quebrá-los e seguiu procurando novos objetos que pudessem alimentar a sua imaginação.

O imenso porão a essa altura parecia um campo minado repleto de armadilhas por todos os lados, um monte de coisas inúteis umas em cima das outras. Joe caminhou sobre os objetos com a habilidade de quem conhecia todas as armadilhas daquele lugar, e de fato, ele conhecia, vivera toda sua infância ali e já havia feito esse caminho até mesmo no escuro por diversas vezes, mas hoje com sua nova companheira — a lanterna — tudo prometia ser diferente, já que ele podia observar coisas que antes passaram despercebidas, como o enorme armário ao fundo, atrás de uma pilha de coisas.

Joe usou a lanterna para iluminar mais ao fundo do armário e logo percebeu que havia uma caixa muito bem guardada, quase como se tivesse sido escondida por alguém para não ser encontrada. A estranha caixa quadrada logo virou objeto de desejo do pequeno Joe que escalou a imensa pilha de entulhos a fim de alcançá-la. Usando seus finos braços, Joe colocou toda a sua força para arrancar a pesada caixa de ferro de dentro do armário. Todo este esforço fez com que o armário, a caixa, as relíquias de seu avô e até ele mesmo caíssem no chão, causando um enorme barulho. Ao se recuperar da queda, Joe bateu a poeira de seu corpo e limpou os olhos para ver o brilho que estranhamente saía da caixa por uma pequena fresta, aberta durante a queda, que iluminava todo o porão. Era um brilho mágico e encantador ao ponto de ofuscar os olhos com cores que mudavam de tom a todo o instante.

Tudo aquilo não fazia o menor sentido para Joe.

Como algo que está abandonado há tanto tempo pode ainda estar funcionando? Joe se perguntava, olhando o estranho brilho enquanto retirava o pó que ainda havia na caixa. Ele passou suavemente suas mãos sobre os relevos em forma de figuras que pareciam galhos de uma enorme árvore talhados cuidadosamente à mão. Percorrendo os relevos da estranha caixa, Joe pôde sentir que sem querer apertou um botão escondido em algum lugar por onde passou a mão. O som de *click* tirou qualquer dúvida de sua mente.

— Eu apertei um botão! — afirmou para si mesmo em voz alta.

Antes mesmo que ele ensaiasse outra reação, a estranha caixa de ferro rangeu como um velho relógio de corda sendo ajustado ao horário certo. O barulho fez com que Joe desse um salto para trás, procurando manter distância do inesperado. Então, a caixa se abriu por completo, forçando Joe a virar seu rosto com o brilho ainda mais intenso e inesperado que preenchia por completo o velho porão.

Joe jamais havia visto algo de tão rara beleza, nem mesmo nas lojas de jogos eletrônicos, onde costumava se esconder dos vendedores para ver os novos lançamentos que os fabricantes de brinquedos ofereciam durante as vésperas de Natal. Tudo era encantadoramente mágico e iluminado. Aquele estranho objeto que se abrira à sua frente mais parecia com um grande tabuleiro vivo onde tudo estava em movimento. Árvores com folhas iluminadas, flores de todas as cores que emanavam um forte brilho, como luzes natalinas.

Seus pensamentos logo começaram a imaginar como jogar aquele "jogo".

— Onde estão os dados? Ou as cartas?

Olhou para o meio do tabuleiro e notou um círculo e uma seta bem ao centro, num formato de ponteiro. Em destaque, uma frase:

> "Bem-vindo à Floresta dos Cinco Poderes!
> Gire uma volta inteira em sentido anti-horário
> para começar sua aventura".

Mesmo assustado, o pequeno Joe não teve a menor dúvida, girou a seta conforme as instruções do tabuleiro e ao retornar a seta ao seu ponto inicial, onde no tabuleiro marcava (00), uma enorme ventania tomou conta de todo o porão como se fosse um grande redemoinho jogando tudo de um lado para o outro. Em um instante, móveis e objetos começaram a voar por todo o lugar. Joe tentou se segurar em uma antiga poltrona de madeira numa tentativa inútil de não ser levado pela ventania que, de forma inesperada, tomou conta de todo o porão. No momento seguinte lá estava ele girando por todo o ambiente junto com aqueles móveis velhos e todos aqueles objetos antigos de seu avô. Nesse instante, sentiu seu corpo ser levado por uma forte explosão, deixando-o inconsciente por alguns minutos.

Ao abrir os olhos, ainda meio tonto e sem entender ao certo o que havia acontecido, sentiu uma perturbadora calmaria com o toque suave do vento em sua pele e o som de pássaros cantando. Levantou-se ainda assustado e começou a correr a toda velocidade sem saber ao certo em qual direção seguia. O som de finos galhos quebrando embaixo de seus pés causava ainda mais pavor, e o sentimento de medo tomou conta de seus pensamentos. Então parou abruptamente olhando ao seu redor. *Onde estou? Como eu vim parar aqui?* O velho porão havia desaparecido junto com todas as relíquias de seu avô. Em sua mente, a última lembrança era um flash do momento em que ele girou por completo a seta do jogo de tabuleiro chamado de A FLORESTA DOS CINCO PODERES e da enorme ventania que isso causara por todo o lugar. Joe procurava algum vestígio de sua antiga casa ou até mesmo da grande cidade onde vivia, mas tudo o que podia ver era uma vasta floresta sem fim. O som presente não era a agitação urbana comum de sua cidade, mas sim, o estranho som de uma queda-d'água, talvez de uma enorme cachoeira.

Estranhamente, Joe se sentia mais forte naquele lugar como se de alguma forma todos os seus sentidos ficassem mais aguçados: sua visão, audição e até mesmo o olfato; também percebeu que momentos antes correra a uma velocidade que nunca antes havia corrido.

Decidiu seguir seus instintos em direção ao som da queda-d'água que ficava cada vez mais forte à medida que avançava.

Um pouco mais à frente já era possível avistar a linda cachoeira: um véu de águas cristalinas cobrindo um enorme paredão de pedras. Joe caminhou lentamente até o lago que se formava bem abaixo da queda-d'água e, ao se aproximar, pôde ver sua imagem refletida sobre as águas do lago, aquele lugar era conhecido como a CACHOEIRA DOS ESPELHOS com águas tão cristalinas que era possível refletir imagens como um espelho de cristal.

Joe parou em frente à cachoeira para contemplar sua própria imagem e percebeu que estava realmente diferente e estranhamente mais forte. Seus músculos, mais definidos e rígidos, suas orelhas ganharam um formato pontiagudo e também estavam maiores, talvez fosse por isso que sua audição e seus instintos estavam tão aguçados. Suas roupas pareciam uma estranha vestimenta de época.

— Esse lugar me faz bem e eu estou gostando disso, seja lá onde esteja, esse lugar me faz bem — falou Joe ao se ver.

Em seus pensamentos as perguntas se repetiam: *Onde estou? Como eu vim parar aqui?* Uma das respostas ficava cada vez mais evidente: Aquele lugar era, de fato, uma FLORESTA COM PODERES MÁGICOS, o difícil era acreditar que aquele jogo de tabuleiro o levara até aquele lugar.

De repente, um barulho vindo da floresta, um leve som de pisadas sobre galhos à sua esquerda chamou sua atenção. Assustado, Joe virou-se rapidamente na tentativa de não ser surpreendido por algum animal. *Track*, o barulho agora vinha do outro lado à sua direita. O som fez Joe se virar por completo em direção à floresta e de costas para a Cachoeira dos Espelhos, seja lá o que fosse era rápido o suficiente para se esconder e sair de um canto ao outro com muita velocidade. Com os olhos fixos na floresta e atento a qualquer movimento, Joe conseguiu ouvir pequenos sussurros de vozes vindo de todos os cantos. Era algo difícil de crer, mas havia outras pessoas naquele lugar. Antes sua audição já se mostrara extremamente aguçada ao guiá-lo até a cachoeira. De repente os sons se multiplicaram, por todos os lados pisadas e sussurros aos montes dando uma enorme sensação de insegurança.

Devo estar sendo seguido! O pensamento veio acompanhado por uma vontade súbita de correr às margens do riacho que se formava a partir da queda da cachoeira.

— Háaaaaaaaaa! — De repente, um grito assustador, uma voz de comando veio da floresta.

Antes mesmo que Joe conseguisse dar seu primeiro passo em sua tentativa de fuga, uma enorme rede pesada caiu sobre seu corpo, jogando-o ao chão e trazendo uma total escuridão. Ele usou toda a sua força na tentativa de se levantar e tirar a pesada rede, mas tudo foi em vão. Preso ao chão e sem conseguir se mexer, Joe parou para tentar ouvir os vários sons que surgiam do lado de fora da rede e logo percebeu que muitos passos vindos de todas as direções se aproximavam rapidamente. Mais uma vez seus instintos — ou melhor sua audição — estavam certos: eram vozes, muitas vozes gritando e comemorando por sua caçada, Joe sentia-se como uma fera capturada e enjaulada sem muitas opções a não ser suplicar por sua vida.

— Soltem-me, por favor! Quem são vocês? Por que me prenderam? Soltem-me, por favor! Eu estou perdido nesse lugar!

Risos por todos os lados foram as respostas para as perguntas e os apelos feitos por Joe. Até que uma voz surgiu.

— Perdido? Aqui ninguém nunca está perdido, vocês sempre querem alguma coisa, poucos conseguem chegar tão perto quanto você chegou, mas no fim todos acabam assim: presos e capturados. Levem-no, vamos entregá-lo ao grande mestre.

Não demorou muito e começaram a arrastar seu corpo preso na rede pela floresta adentro enquanto cantarolavam uma espécie de canção de guerra.

Lá, lá, lá, lá, lá

Nós somos da floresta.

Lá, lá, lá, lá, lá

Guerreiros a lutar

Lá, lá, lá, lá, lá

Com lanças ou com flechas

Lá, lá, lá, lá, lá

Na terra ou no mar

Após uma rápida caminhada, o canto ficou ainda mais forte como se outras vozes se juntassem ao coro, tornando-o ainda mais assustador. Foi então que Joe sentiu seu corpo ser atirado fortemente ao chão, suas costas puderam sentir todos os detalhes daquele chão de terra, era como se cada galho, pedra e grão de areia penetrassem em sua pele causando-lhe uma enorme dor. Sua visão, ainda impedida pela pesada rede que o prendia, deixava um enorme espaço para sua imaginação e tudo o que ele podia imaginar naquela situação era o seu fim. Seu coração, cada vez mais acelerado e seu corpo tremendo de medo por seu inesperado destino. O som de incontáveis vozes em um coro de guerra era acompanhado de fortes passos ao seu redor.

Foi quando o som de um cajado batendo ao chão como um trovão, fez tudo estremecer causando um silêncio perturbador, aumentando ainda mais a sensação de medo que Joe sentia enrolado à rede escura e sem ter sequer a noção de quem eram aquelas pessoas ou criaturas que o capturaram. O som de galhos quebrando no chão a cada passo que um desconhecido dava em sua direção rompia o sombrio silêncio instalado na floresta, até que uma voz imponente perguntou:

— O que está acontecendo aqui? — O silêncio continuou tão frio e sombrio quanto antes, então ele tornou a perguntar: — O que está acontecendo aqui?

— Nós ouvimos um estranho barulho próximo à Cachoeira dos Espelhos e juntamos um grupo de guerreiros para ver o que de fato acontecia, quando encontramos essa criatura — respondeu uma doce e delicada voz feminina.

Aquela voz era de uma guerreira chamada Kirah, considerada por todos a guerreira mais forte do vilarejo. Ela havia sido encontrada pelo mestre Tarú ainda bebê às margens do rio Negro, levada ao vilarejo e sendo criada pelo grande mestre como sua única filha. Kirah era a única guerreira de todo o vilarejo a dominar três das cinco Forças da Natureza:

× *SOL — É a força do dia. Controla os raios solares e o fogo

× *LUA — É a força da noite, da transformação e mutação

× *ÁGUAS — É a força que controla os mares e os rios da floresta

× *RAIOS — É a força que controla as tempestades e raios

× *ESPÍRITOS — É a força capaz de controlar todas as criaturas, é o domínio da luz, da vida e do amor.

Kirah recebera treinamento para dominar as Forças do Sol, das Águas e da Lua.

A voz imponente daquele que parecia ser o grande mestre do vilarejo, voltou a ordenar:

— Tirem-no da rede de captura! Eu preciso ver quem é este invasor e o que ele procurava em nossas terras!

A rede de captura fazia jus a seu nome, já que Joe se encontrava preso nela há algum tempo, sem chance de fuga ou reação. De repente, em um solavanco rápido e inesperado, puxaram a rede com tamanha força que Joe saiu rolando pelo chão como se fosse uma leve bola, fazendo seu corpo rolar sobre o chão de terra e galhos até bater aos pés de um ser assustadoramente grande. Sua visão agora ofuscada pela luz o impedia de ver claramente os seus captores ou a forma daquelas criaturas.

Admirado com a figura de Joe caído à sua frente, o grande mestre do vilarejo se apresentou:

— Meu nome é Tarú, mestre de Arawak, dominador de quatro das cinco Forças da Natureza. E você quem é? De onde veio? O que procura?

Joe assustado e ainda sem conseguir ver claramente começou a falar, respondendo às perguntas feitas por Tarú.

— Me chamo Joe, não sei bem ao certo como vim parar aqui, não consigo me lembrar de muita coisa. Afinal, onde estou? Eu nunca ouvi falar desse lugar. Arawak?

Tarú observava atentamente o jovem à sua frente e enquanto o ouvia lembrou-se de uma antiga profecia. Ele estava olhando para a imagem de Joe, assustado, à sua frente. Aos olhos de Tarú aquele ser ou criatura com formas diferentes de todos do seu vilarejo estava longe de ser apenas um garoto, seus instintos de grande líder e sábio indicavam que algo estava prestes a acontecer no mundo mágico da Floresta dos Cinco Poderes. Então, ordenou:

— Levante-se meu jovem, lhe daremos água e alimento. No final desta noite, se as minhas suspeitas estiverem certas, este será o seu lar. Do contrário você terá o mesmo fim que os outros invasores!

As palavras de Tarú pegaram Joe e todos no vilarejo de surpresa. Todos olhavam uns para os outros assustados, tentando obter alguma explicação para aquela inesperada atitude de Tarú. Pela primeira vez, Joe conseguia respirar mais aliviado fora daquela rede, mas ao mesmo tempo estava intrigado.

Tarú era mais que um mestre ou guerreiro, era também um mago e um sábio; muitos acreditavam que era o primeiro habitante da Floresta dos Cinco Poderes, conhecedor de todas as lendas e profecias daquele lugar, mas poucos conheciam sua verdadeira história, sabia-se apenas que ele chegara lá há quase quinhentos anos, levado pelas correntes de águas frias vindas do Oriente. Sua forma de tartaruga gigante, deu-lhe a possibilidade de sobreviver à terrível viagem e aos desafios vividos no mar até a floresta; suas técnicas de dominação das Forças da Natureza foram aprendidas ao longo dos tempos com muita prática e estudos, através das antigas escrituras deixadas pelos espíritos da floresta na GRUTA DO CONHECIMENTO, um lugar sagrado e mantido em segurança por todos da aldeia, onde se escondem os mais profundos segredos e mistérios da Floresta dos Cinco Poderes. Essas escrituras foram talhadas nas paredes através de desenhos e uma antiga língua que se perdeu ao longo dos tempos, hoje falada em Arawak apenas por Tarú e alguns outros habitantes mais velhos do vilarejo.

Joe começava a recuperar sua visão lentamente, esfregou as mãos sobre os olhos na tentativa de clarear ainda mais a imagem que se postava bem à sua frente: uma criatura parecida com uma tartaruga usando óculos redondos e com um cajado na mão, parecendo muito mais um velho ancião de um livro em quadrinhos do que um mestre ou guerreiro dominador de seja lá o que fosse.

Tarú também olhava atentamente todos os movimentos de Joe, como se adivinhasse o que ele estava pensando naquele exato momento. Então, falou em tom sereno e confiante:

— Não se engane, meu jovem! Sou mais forte e rápido do que minha velha aparência pode demonstrar.

Os olhos de Joe agora cem por cento recuperados podiam notar tudo com total clareza à sua volta: a magia e a beleza do vilarejo com sua vegetação de infinitas formas, árvores de todos os tamanhos, flores de todas as cores e frutos que ele nunca vira antes. Também pôde observar claramente quem eram aquelas criaturas que o capturaram mais cedo em frente à Cachoeira dos Espelhos.

As criaturas estavam por todos os cantos, vários ao seu redor, lançando olhares intrigados e outros tantos sobre os galhos, saltando de um canto para outro quase como se voassem por entre as árvores, talvez à procura do melhor lugar para lhe observar bem ali ao centro de tudo como se fosse um animal de circo prestes a dar o seu espetáculo, ou uma grande fera capturada que colocavam para exibição.

Os estranhos seres de olhos atentos espalhados pela floresta eram pequenas criaturas com a cabeça arredondada, pelos por todo o corpo e uma espécie de asa que surgia quando abriam os braços saltando de um canto para o outro, certamente por isso pareciam voar e se moviam tão rápido entre as árvores da floresta.

Joe olhava admirado ao seu redor com tanta novidade. Foi quando se lembrou de sua imagem vista mais cedo, pela última vez, na Cachoeira dos Espelhos: estava visivelmente mais forte, com orelhas pontudas e vestimentas estranhas; ele não era mais o menino órfão do porão! Ali, na Floresta Mágica, ele se tornara um jovem forte. Seus olhos, então, cruzaram com os olhos verdes de Kirah, tão brilhantes e intensos quanto duas esmeraldas. Kirah se destacava não somente por ser diferente de todos no vilarejo, mas também por uma beleza incontestável: seus longos cabelos vermelhos, seu delicado rosto em contraste com uma força e confiança sempre presentes em suas atitudes tornavam-na mais que uma guerreira. Kirah era uma legítima princesa e criada como tal, encantadoramente bela aos olhos de qualquer um e respeitada por todos nos quatro cantos da floresta como a destemida princesa do vilarejo.

Tarú virou-se de costas para Joe caminhando lentamente como se ensaiasse suas próximas palavras em direção à conhecida PEDRA DA PROFECIA, o ponto mais alto daquele lugar, onde todos se encontravam. Chegando ao topo da pedra, ele cravou seu cajado mais uma vez de forma intimidadora, chamando a atenção de todos para si:

— Hoje, meus filhos de Arawak, guerreiros do Sol, podemos ser testemunhas de uma profecia, pois, segundo as antigas escrituras deixadas pelos espíritos na Gruta do Conhecimento, no dia que antecede as Luas Gêmeas, um ser vindo de outro mundo e de coração puro chegará à Floresta dos Cinco Poderes, se tornará o príncipe da magia e o único guerreiro de Arawak a dominar as cinco Forças da Natureza, capaz de destruir todo o mal do mundo mágico, iluminando a grande força do bem. E hoje é o dia que antecede as Luas Gêmeas.

De repente, uma voz em meio a todos que estavam ali, interrompeu o discurso de Tarú.

— Grande mestre Tarú, o senhor não acredita que essa frágil criatura que capturamos tão facilmente às margens da Cachoeira dos Espelhos possa ser o grande príncipe da magia, certo?

Joe logo reconheceu aquela voz como a de seu captor de algumas horas antes; a mesma voz das gargalhadas, que ordenou aos outros que o arrastassem floresta adentro, preso a uma pesada rede escura. Os olhos de Joe tornaram a encher-se de medo.

A voz era de Turak o maior e mais forte guerreiro de Arawak, conhecido como o grande guerreiro do Sol. Era quase um gigante rápido e forte, com uma aparência assustadora e braços compridos.

— Como ele pode ser o guerreiro da profecia? — insistia Turak em sua interrupção, até o instante em que Tarú levantou sua mão direita ordenando que todos ficassem em silêncio.

Os olhos de Joe eram realmente de um menino assustado sendo observado por todos naquele exato instante. De fato, ele nada se parecia com um guerreiro. E do alto da Pedra da Profecia, Tarú podia sentir o impacto negativo que as palavras de Turak causaram em Joe. Era fácil perceber toda a aparente insegurança e medo em seus olhos.

Com o fim da interrupção, Tarú tornou a falar sobre as escrituras e a antiga profecia:

— Hoje é o dia que antecede as Luas Gêmeas, o dia que marca o início da preparação para a grande batalha entre o bem e o mal. Esta noite, um guerreiro, e somente um, entre todos que aqui estão, receberá dos Deuses da Lua, a luz da sabedoria e o poder que controla a "Força dos Espíritos". Ao anoitecer, quando as Luas Gêmeas se tornarem uma só luz, num eclipse, uma luz vinda dos céus apontará para o futuro príncipe e guerreiro de Arawak e à meia-noite, no Lago do Batismo, saberemos quem será o novo príncipe de Arawak. Enquanto esse grande momento não chega, eu ordeno a todos que tratem esse jovem não como nosso prisioneiro e, sim, como nosso convidado. Ao final da noite de hoje saberemos qual será o seu destino. — Com essas palavras, ele encerrou seu discurso descendo do alto da Pedra da Profecia em direção a Joe que ainda estava parado ao centro do vilarejo pensando sobre as últimas palavras de Tarú.

Ao perceber que o grande mestre caminhava em sua direção, Joe correu ao seu encontro, antecipando-se e cheio de perguntas:

— Senhor, grande mestre, Tarú, gostaria de agradecer por interceder a meu favor, mas o senhor acredita mesmo nessa profecia? Eu só preciso voltar para a minha casa, para o velho porão do meu avô. Eu nem sei como vim parar aqui!

Tarú ouvia as palavras do jovem Joe com a sabedoria de quem já vivera muitos anos e tempo suficiente para entender que na vida nada é por acaso ou coisas do destino, então, com a mão direita sobre a cabeça de Joe e a outra apoiada em seu cajado, falou baixinho em seu ouvido.

— Tudo está escrito pelas mãos dos deuses! Apenas siga e aceite o seu destino! Tente ver e contemplar as belezas de nosso vilarejo, logo será noite e veremos qual será o seu destino.

As palavras de Tarú não faziam o menor sentido para Joe naquele momento e muito menos aliviaram suas preocupações, mas mesmo assim ele sabia que seria melhor tentar ocupar sua mente com outras coisas do que se desesperar com o desconhecido. Então Joe decidiu conhecer melhor o vilarejo e seus moradores.

A essa altura, com o sol já quase se pondo, a noite logo chegaria e com ela todo o encanto e o brilho das Luas Gêmeas que iluminaria toda a floresta.

O vilarejo de Arawak era um lugar com algumas casas cuidadosamente escondidas sob as copas das árvores ao ponto de quase passarem despercebidas a olhos desatentos, várias árvores de troncos enormes ao redor, formando uma espécie de muralha protegendo todo o seu entorno e servindo de esconderijo a guerreiros sentinelas que tomavam conta de qualquer movimento estranho fora dos limites da floresta.

Certamente foi um desses guerreiros que me avistou mais cedo correndo pela floresta, pensou Joe enquanto caminhava e observava cada detalhe daquele lugar. O pequeno comércio de grãos, tecidos e utilidades, os ferreiros, marceneiros e tecelões, tudo muito parecido com as antigas histórias de grandes batalhas e aventuras contadas por seu avô. Por alguns minutos tudo lhe pareceu familiar, em sua mente era como se estivesse vivendo essas aventuras, o barulho de crianças e suas risadas correndo em direção a um campo de flores chamou sua atenção. Uma leve e mágica brincadeira de capturar pequenas criaturas voadoras e encantadoramente iluminadas. Uma das crianças parou bem à sua frente e perguntou-lhe:

— Você vai ficar aí parado? Elas passaram bem perto de você, ajude-nos a pegá-las!

Joe abaixou-se para falar com a pequena criança ofegante com a brincadeira.

— Como é seu nome? E essas luzes, o que são? Tudo o que vi foi um brilho de luz colorido.

A pequena criança respondeu pouco antes de voltar a correr.

— Elas são as fadas do bosque e possuem grandes poderes, se você for tocado por uma delas terá sorte por toda sua vida! Ah... Eu me chamo Kenna... — gritou a pequena criança antes de sair em disparada, tentando se aproximar do grupo de crianças à sua frente, que seguia em direção ao campo, perseguindo uma pequena fada.

Joe continuava sua caminhada, agora um pouco mais descontraído, admirando as peculiaridades do vilarejo até se deparar com a figura de Kirah cultivando flores num belo campo colorido. Joe se aproximou lentamente tentando não chamar a atenção quanto à sua presença, parando a uma distância segura que lhe permitisse contemplar os movimentos delicados de Kirah, analisando e podando cada flor cuidadosamente, os raios do pôr do sol sobre as flores deixavam um colorido intenso e o belo cabelo vermelho de Kirah com um brilho especial, tornando a visão daquele momento ainda mais mágica.

— Pretende ficar aí parado e escondido por quanto tempo? — Antes que Joe conseguisse responder, Kirah continuou falando... — Eu sempre venho até aqui quando preciso parar para pensar nas coisas, cultivar as flores e observar como crescem cada uma a seu tempo com suas características e cores, me faz recordar que a pressa vem das coisas e das criaturas, mas que o tempo é de Deus, assim como o seu destino. Eu também não acredito que você seja o grande guerreiro da profecia, nem sequer vejo você como um guerreiro! Está mais para um jovem perdido e frágil, precisando de ajuda, mas Tarú vê algo em você, ao ponto de enfrentar todo o vilarejo e eu já vi aquele olhar muitas vezes antes, ele realmente acredita que você será o escolhido. O estranho é que eu e todos os outros grandes guerreiros nos preparamos a vida toda para esse dia e você aparece assim, vindo do nada. Não sei o que os deuses nos reservam, mas sei que não será nada fácil pra você! Quer seja o escolhido ou não.

Joe percebeu que sua tentativa de se esconder e tornar-se invisível fora um total fracasso, então caminhou até se aproximar de Kirah e se agachou junto a ela, analisando as flores e tomando coragem para falar.

— Eu não sei como vim parar aqui, tudo o que me lembro são flashes que vêm e vão em minha memória, do velho porão do meu avô, de um jogo de tabuleiro, luzes e uma grande ventania, tudo muito estranho e, de repente, eu estava aqui. Mas, de certa forma, toda a magia desse lugar, todos esses mistérios são como se eu estivesse vivendo as aventuras contadas pelo meu avô. Eu sempre me senti meio perdido em meu mundo, era como se eu não pertencesse a lugar algum.

Joe permanecia agachado, cultivando as flores junto a Kirah quando um pequeno raio de luz azul parou em seus dedos. Olhando mais atentamente percebeu que era uma pequenina fada. O brilho também chamou atenção de Kirah que no mesmo instante já sabia do que se tratava:

— Acho que hoje é realmente seu dia de sorte! Eu nunca havia visto antes uma fada pousar nas mãos de alguém, isso é um bom sinal, segundo a lenda das fadas se você for tocado por uma fada isso lhe dará sorte por toda a vida! Elas são como anjos da guarda, protegendo e iluminando o caminho.

Em seguida, ambos sentiram um forte empurrão jogando-os entre as flores. Eram as crianças que tentavam a todo custo capturar a pequena fada que havia parado nas mãos de Joe e que partiu voando floresta adentro pouco antes de toda aquela confusão sem dar a menor chance das crianças capturá-la.

Kirah levantou-se irritada, tirando as várias pétalas de flores coloridas de seu cabelo:

— Eu não acredito que vocês fizeram isso. Vocês não olham por onde andam? No que estavam pensando quando...

A jovem Kenna era uma criança bem conhecida por todos no vilarejo e famosa por se envolver em pequenas travessuras e confusões que sempre acabavam com alguém indo ao chão e muita bagunça para arrumar depois.

— Desculpe, princesa Kirah. Estávamos tentando pegar a fada Star e ela estava bem no meio de vocês, desculpe... Olhem, o sol já está se pondo e logo eles vão começar os jogos. Vejam as tochas sendo acesas, vocês não vão ficar aí parados, né? Vamos! Vamos! Vamos ver os jogos!

Joe virou-se para Kirah com um olhar de interrogação.

— Jogos? Que jogos? Ninguém falou nada de jogos.

Kirah resolveu explicar sobre os jogos e sua importância para todos no vilarejo:

— Os jogos são uma velha tradição que acontece uma vez por ano em uma noite de lua cheia. É uma pequena competição entre guerreiros para descobrir quem é o mais forte e rápido entre todos no vilarejo, e essa noite coincidentemente caiu no dia das Luas Gêmeas e promete ser uma noite especial. Turak é o grande campeão, considerado por muitos como invencível na batalha do Grausboll! É assim que chamamos o jogo.

O olhar de interrogação de Joe continuava. Um jogo ou uma batalha chamada Grausboll numa competição de força e agilidade entre guerreiros era mesmo difícil de imaginar, mas Kirah continuava tentando explicar como era e como se jogava enquanto caminhavam em direção à arena de jogos.

— É um jogo disputado entre dois guerreiros dentro de uma grade fechada em formato de uma concha, chamada de gaiola de metal ou campo de batalha, possui um único círculo ao centro na parte mais alta da gaiola e o objetivo é conduzir uma pequena esfera lunar com tacos para dentro do círculo, marcando um ponto. O primeiro que marcar três pontos é o vencedor.

Joe tentava organizar as informações daquele estranho esporte em sua mente, tentando imaginar como seria essa arena ou campo de batalha com grades em formato de uma concha. Enquanto Kenna puxava ambos, ansiosa para chegar o mais rápido possível à arena de jogos.

A essa altura, o sol já havia sumido por completo e o brilho das Luas Gêmeas começava a iluminar todo o céu da Floresta dos Cinco Poderes, apesar de ainda ser impossível vê-las ao alto, tudo parecia estar mesmo diferente essa noite. As estrelas cadentes davam um espetáculo à parte caindo aos montes como se fossem raios de luzes cortando o céu. Enquanto Joe e Kirah seguiam sendo puxados por Kenna em direção à arena de jogos, a medida que se aproximavam podiam ouvir os gritos vindos da arena cada vez mais fortes. Era o som de uma multidão ansiosa pelo início dos jogos.

— GRAUSBOLL!!! GRAUSBOLL!!! GRAUSBOLL!!!
— GRAUSBOLL!!! GRAUSBOLL!!! GRAUSBOLL!!!

Joe olhava incrédulo ao ver o cenário à sua frente. Uma enorme cratera criada por um pedaço da Lua que caiu centenas de anos atrás formava uma gigantesca arena subterrânea capaz de abrigar milhares de seres da floresta. Havia várias tochas iluminando tudo ao redor, arquibancadas devidamente alinhadas e descendo em direção ao centro, onde se encontrava a gaiola de metal dourada descrita por Kirah há poucos minutos.

O campo de batalha, pensou Joe. *Onde tudo acontece.*

Naquele lugar o som das vozes somadas umas às outras era quase ensurdecedor, realmente um belo e assustador cenário para prática de esportes. Visto do alto era como se fosse um ringue de luta.

— O Grausboll não é apenas um jogo de tacos ou uma disputa entre dois guerreiros, ele representa nosso espírito de luta. Você logo vai entender isso — afirmou Kirah em voz alta para ser ouvida sob os gritos da ansiosa multidão.

Do lado oposto de onde Joe, Kirah e Kenna tentavam sentar-se na arena, surgia a figura de Tarú, carregando uma estranha caixa de ferro e descendo em direção ao campo de batalha. Quanto mais perto do centro da arena o mestre chegava mais alto eram os gritos nas arquibancadas.

— GRAUSBOLL!!! GRAUSBOLL!!! GRAUSBOLL!!!

— GRAUSBOLL!!! GRAUSBOLL!!! GRAUSBOLL!!!

Quando Tarú finalmente chegou ao centro e entrou no campo de batalha, segurou firme com as duas mãos a caixa de ferro e a levantou acima de sua cabeça como se fosse um troféu duramente conquistado, a multidão explodiu em gritos e emoção. Joe ainda sem entender nada perguntou para Kirah.

— O que há dentro daquela caixa? Por que todos ficaram tão eufóricos?

Com uma aparente ansiedade em seu olhar para ver o pequeno objeto da caixa em jogo novamente, Kirah respondeu.

— A caixa guarda, ou melhor, protege a esfera lunar, um pequeno e único pedaço existente da Lua em nosso mundo, é tudo o que restou depois do impacto que originou essa arena, é também a estrela máxima do Grausboll, um pequeno fragmento iluminado com o tamanho de punho fechado capaz de chegar a uma velocidade impressionante.

Tarú fez um giro completo de exibição para que todos pudessem exaltar a esfera lunar e, completando o ritual que dava início aos jogos, anunciou os dois primeiros competidores para o campo de batalha: Rudá *versus* Turak. Ouviu-se uma nova explosão de som nas arquibancadas após o anúncio do nome de Turak e, sem mais cerimônias, Tarú anunciou:

— Que comecem os jogos!

Pouco antes de se retirar do campo de batalha deixando apenas os dois competidores em campo, Tarú abriu a caixa de ferro e um pequeno objeto saiu voando a uma velocidade realmente impressionante, batendo em todos os cantos da gaiola de metal dourado, como se procurasse uma abertura para escapar. Certamente esse era o motivo daquelas grades: manter a esfera sempre em jogo.

Turak saltou com extrema habilidade em direção à esfera lunar, abrindo uma ligeira vantagem sobre seu oponente e, com o taco, dominou a esfera, controlando sua direção. Tudo acontecia muito rápido dando a impressão de que estavam voando a cada salto, de repente a esfera lunar foi lançada em direção ao arco central, marcando o primeiro ponto a favor de Turak, que começava a mostrar todo o seu favoritismo e superioridade no jogo. A multidão explodia de emoção nas arquibancadas gritando seu nome:

— Turak... Turak... Turak...

Joe, impressionado com tamanha habilidade e rapidez, não tirava os olhos do campo de batalha, tentando acompanhar os movimentos da esfera lunar e dos competidores.

— Essa luz ou essa bola, seja lá o que for é muito rápida, eu mal consigo vê-la! Como eles conseguem acompanhar ao ponto de dominar e lançá-la ao arco central? — A pergunta de Joe ficou em aberto quando ele olhou ao redor Kirah já havia sumido, então Kenna respondeu:

— A esfera possui luz e velocidade próprias e quanto mais rebater na gaiola maior será sua velocidade. É como se possuísse vida própria, mas Turak parece ter uma conexão com a esfera, ele advinha sua trajetória e a conduz para o lugar que ele deseja. Ele é o melhor jogador de todos no vilarejo, só perdeu uma vez desde que começou a praticar o Grausboll.

— Posso até imaginar! — disse Joe virando-se a procura de Kirah. — Onde será que ela está?

Quando Joe voltou a observar o campo de batalha ao centro da arena, Turak já havia marcado o seu terceiro ponto e se consagrado vitorioso na sua primeira batalha. Tarú, ao centro da arena, abriu a caixa de ferro, guardando a esfera para anunciar os dois próximos competidores que eram Babé *versus* Kirah. Ambos entraram saudando a multidão no mesmo instante em que Tarú liberava novamente a esfera dando início a uma nova partida.

Em sua primeira batalha da noite, Kirah disparou em direção a esfera, disputando ombro a ombro com seu oponente a toda velocidade, girando dentro do campo de batalhas como se ambos também estivessem voando. Babé era visivelmente mais forte e decidiu utilizar sua força, de certa forma desleal, para deslocar Kirah, jogando-a contra as grades de metal e em seguida ao chão, deixando o campo livre para dominar a esfera, lançando-a ao arco central, marcando o seu primeiro ponto saindo à frente no placar. No instante em que Kirah se levantava, recuperando sua posição no campo de batalha, um grito de incentivo surgiu vindo do alto das arquibancadas.

— Vamos lá, não deixe esse trapaceiro ganhar de você! — Era a voz inconfundível de Joe, que, sentado na penúltima fileira, torcia empolgado com os braços levantados. Talvez ele não tivesse percebido que o Grausboll é um esporte de extremo contato físico.

Os gritos de apoio ajudaram a motivar não só a Kirah, mas também a todos na arena que passaram a torcer por ela.

— Kirah!!! Kirah!!! Kirah!!!

Levada pelo apoio da multidão, Kirah resolveu mudar a tática e abusar de sua velocidade e estratégia. Fingiu disparar em alta velocidade em direção à esfera, mas parou logo depois, fazendo com que Babé pegasse uma direção totalmente errada em sua nova e frustrada tentativa de usar a força e o contato físico para derrubá-la novamente. A manobra de extrema habilidade empolgou a todos e, com toda delicadeza, Kirah conduziu a esfera até o circulo central empatando o jogo e seguiu marcando ponto a ponto, até vencer a disputa em 3 X 1.

Uma a uma as batalhas foram sendo disputadas e aos poucos ficava evidente quais seriam os finalistas da grande noite. De um lado, Turak com seu favoritismo habitual ia vencendo seus oponentes sem muita dificuldade e do outro Kirah com extrema agilidade e estratégia também superava um a um os adversários, chegando à final.

Uma grande final estava sendo aguardada essa noite, uma revanche entre Kirah *versus* Turak. Eles haviam se enfrentado uma única vez, e Kirah levou a melhor, vencendo por apenas um ponto de diferença. Foi também a primeira vez que Turak havia participado da competição e fez uma final emocionante com a princesa e guerreira Kirah. Nas edições seguintes, Kirah sempre esteve fora da competição ocupada com outras atividades designadas por seu pai, o grande mestre Tarú. Tudo estava perfeito para esse momento, arena lotada, tochas acesas e o campo de batalha — ou gaiola de metal — brilhava como ouro polido. Kirah e Turak venceram um a um seus oponentes e estavam ali, devidamente posicionados à espera do anúncio da batalha final. Eles aguardavam ansiosos pelo último confronto.

Antes de iniciar seu discurso final dos jogos, Tarú recolheu a esfera na estranha caixa de ferro, mas dessa vez olhou para o forte brilho que iluminava todo o céu pelas

Luas Gêmeas, que a essa altura eram visíveis aos olhos de todos e, devidamente alinhadas, moviam-se em direção uma a outra para se tornarem uma só.

— Hoje é o grande dia da profecia, o dia que marca o início de um novo tempo. Dentro de alguns minutos, as Luas Gêmeas se encontrarão no céu em um eclipse, tornando-se uma só luz e um raio cortando a escuridão da noite iluminará aquele que será o grande escolhido, o príncipe e guerreiro de Arawak, o Senhor dos Cinco Poderes.

— Hoje o grande vencedor da noite não sairá desta arena ou campo de batalha, mas sim, do Lago do Batismo! Vamos, vamos todos para a grande celebração dos deuses.

— Eu declaro encerrados os jogos e dou início ao ritual da consagração.

Assim Tarú terminou o seu discurso convocando a todos para saírem da arena de jogos e caminharem em direção ao Lago do Batismo, onde uma nova disputa ainda mais importante aconteceria. No centro da arena, a gaiola dourada do campo de batalha se apagou, perdendo todo o seu brilho, e as tochas que antes iluminavam todo o entorno da grande arena subterrânea agora formavam um misterioso caminho de fogo floresta adentro em direção ao Lago do Batismo.

Tarú, que até poucos minutos atrás falava no centro da arena de jogos, já se encontrava no fim do misterioso caminho da floresta bem às margens do Lago do Batismo, entregando um manto branco a todos os guerreiros previamente escolhidos por ele, conhecido como Manto da Consagração. Assim, pouco a pouco, Kirah, Turak, Babé, Trina e os outros escolhidos iam entrando no lago. Recebiam o manto da consagração e as palavras de incentivo de Tarú num pequeno ritual.

— Que os Deuses da Lua lhes concedam sua infinita sabedoria e o poder sobre os espíritos da floresta!

Joe e Kenna também caminhavam em meio à grande multidão pelo caminho de fogo em direção ao Lago do Batismo, ela falava sobre o quanto esse momento era esperado por todos no vilarejo e que a noite das Luas Gêmeas marcava o início da preparação da grande batalha entre as Forças da Luz e da Escuridão.

— Você também vai entrar no Lago do Batismo? — perguntou Joe ao se aproximar de Tarú, percebendo que poucos recebiam o manto branco do batismo.

— Não, somente os escolhidos pelo grande mestre Tarú podem ter essa honra hoje — respondeu Kenna antes de ser interrompida pela voz do mestre.

— É isso mesmo jovem Joe, somente os maiores guerreiros podem receber essa honra, aqueles que venceram os combates do dia a dia na luta pela vida ou um ser iluminado destinado a cumprir com sua missão.

Em seguida, Tarú estendeu-lhe o manto branco da consagração e repetiu o mesmo ritual de palavras ditas aos outros escolhidos.

— Que os Deuses da Lua lhes concedam sua infinita sabedoria e o poder sobre os espíritos da floresta!

Joe mais uma vez ficou sem reação alguma, apenas vestiu-se com o manto branco e desceu em direção às águas do Lago do Batismo misturando-se aos demais guerreiros que ali se encontravam na esperança de se tornarem o príncipe guerreiro. Sentindo-se extremamente desconfortável com os olhares intrigados de todos no meio do lago, Joe procurou se posicionar o mais próximo possível de Kirah e foi lentamente passando por entre os guerreiros até ficar bem ao lado da jovem princesa. Era de longe a figura mais amigável dentro daquele lago, talvez o único ser confiável nesse momento para Joe.

Kirah parecia uma deusa iluminada em meio às águas escuras do Lago do Batismo, com os olhos voltados para o céu e nitidamente emocionada, começou a falar após perceber a presença de Joe.

— Está vendo tudo isso? Olhe a beleza das Luas Gêmeas iluminando nosso céu, as tochas de fogo margeando todo o lago em um tom vermelho. Eu esperei por esse momento a minha vida inteira, eu me preparei pela simples esperança de receber essa grande bênção. O escolhido pelos Deuses da Lua receberá um dom que não pode ser aprendido nem tão pouco repassado a outro. Tarú costumava falar sobre isso quando eu era uma menina. Ele dizia que será a iluminação do amor, o poder de falar com os animais através do olhar e do pensamento, mas que traz consigo também uma grande responsabilidade. Pergunto-me, se você, Joe, estará pronto para isso caso a profecia escrita na Gruta do Conhecimento esteja certa.

Joe prestou atenção atentamente para cada detalhe descrito por Kirah, em especial o intenso brilho que iluminava toda a floresta. Observou também que as Luas Gêmeas já se tocavam quase se tornando uma só, provocando um brilho ainda maior em um tom prateado. Em poucos instantes, o ciclo do eclipse entre as Luas Gêmeas estaria completo e elas se tornariam por um breve momento uma só.

Em outro lugar um pouco mais distante e com uma visão privilegiada do lago, bem no alto da Pedra da Profecia, Tarú, segurando seu cajado e de braços abertos, começou o ritual e a oração aos Deuses da Lua.

— Deuses da Lua! Senhor dos espíritos da floresta! Deuses da Magia! Iluminem aquele que será o príncipe e guerreiro, o herdeiro do seu poder em nosso mundo!

Ao final dessas palavras, Tarú bateu seu cajado com toda força sobre a Pedra da Profecia, seguido ao som do impacto do cajado, uma luz de um brilho intenso explodiu no céu.

Todos olhavam para o alto, o céu estava iluminado por um intenso brilho de luz, era realmente um momento mágico, as Luas Gêmeas agora eram uma só, proporcionando uma única luz iluminando todo o universo. Uma segunda explosão de luz aconteceu ainda mais intensa, cortando a escuridão da noite e iluminando todo o Lago do Batismo, parecendo abençoar todos os guerreiros por estarem ali à disposição dos deuses. O brilho de luz refletia a imagem da grande Lua sobre as águas. O raio de luz foi ficando cada vez mais intenso e fino, iluminando cada vez menos guerreiros e lentamente percorrendo um a um dentro do lago, até parar sob a cabeça do escolhido, o guerreiro iluminado em meio a todos os outros.

Foi então que o brilho de luz elevou sobre as águas o escolhido de braços abertos, o guerreiro que receberia a Força dos Espíritos sendo conduzido pelo intenso raio de luz vindo do céu até as margens do Lago do Batismo, o lugar da iluminação e da consagração. Tarú não acreditava no que estava acontecendo bem à sua frente, tudo o que ele lera e aprendera nas escrituras da Gruta do Conhecimento estava certo e se tornava real. Seus olhos cheios de esperança e fé estavam presenciando a escolha dos deuses. Em sua mente, ele relembrava a primeira vez que leu essa profecia: "No dia que antecede as Luas Gêmeas, um ser vindo de outro mundo e de coração puro chegará à Floresta dos Cinco Poderes e se tornará o príncipe da magia, o único guerreiro a dominar as cinco Forças da Natureza, capaz de destruir todo o mal do mundo mágico, prosperando a grande força do bem".

Tarú aguardava o escolhido com um sagrado objeto de metal em suas mãos para anunciá-lo.

— Joe é o príncipe da profecia! Joe é o novo príncipe de Arawak!

Sob o intenso raio de luz vindo dos céus e sob os olhares de todo o povo de Arawak às margens do Lago do Batismo,

Joe encontrava-se novamente de joelhos aos pés de Tarú, que emocionado com o grande momento ergueu o estranho objeto de metal, a lendária Espada Lúmen, em direção às Luas Gêmeas ainda unidas no céu de Arawak, iniciando o ritual da iluminação do novo príncipe.

— EU O DECLARO GUERREIRO DAS CINCO FORÇAS DA NATUREZA, O PRÍNCIPE DA MAGIA E LÍDER DO POVO DE ARAWAK! E COM A ESPADA LÚMEN EU COLOCO SOBRE SEUS OMBROS O SEU DESTINO E ENTREGO EM SUAS MÃOS A SUA MISSÃO: LUTAR CONTRA A ESCURIDÃO E AS FORÇAS DO MAL; PROTEGER SEU POVO ACIMA DOS SEUS INTERESSES; AMAR E PROTEGER TODAS AS CRIATURAS DA FLORESTA; USAR SEU DOM SEMPRE PARA O BEM DE TODOS; PROTEGER OS ESPÍRITOS E OS SEGREDOS DA MAGIA. ESSA SERÁ A SUA MISSÃO, ESSE SERÁ O SEU DESTINO. CRAVE SUA ESPADA NESSE SOLO SAGRADO E RECEBA A BÊNÇÃO DOS DEUSES!

Joe segurou com as duas mãos o punho da lendária espada e ergueu sobre sua cabeça dizendo as seguintes palavras:

— EU ACEITO O MEU DESTINO, EU ACEITO A MINHA MISSÃO!
— Cravou a Espada Lúmen em um só golpe no solo molhado às margens do Lago do Batismo, gerando uma enorme onda de energia, espalhando as águas acima das copas das árvores causando uma fina chuva prateada, que banhava de esperança todo o povo do vilarejo.

Ao retirar a espada do solo, o raio de luz desapareceu por completo e o brilho das tochas voltou a se destacar em meio à escuridão da noite. No céu, as Luas Gêmeas separavam-se lentamente, seguindo em direções opostas. Era o fim de uma profecia, mas apenas o começo para A GRANDE BATALHA.

CAPÍTULO 2

A Preparação do Guerreiro

As Luas Gêmeas sumiram no céu da grande floresta e com elas se foi também a escuridão da noite. O sol que surgia nesse novo dia no horizonte de Arawak parecia coroar de dourado a chegada do novo príncipe, o único grande guerreiro capaz de dominar as cinco Forças da Natureza. Joe havia passado a noite em claro observando cada detalhe desse novo mundo, de sua nova casa e de seu povo. Já não se sentia mais perdido e muito menos um prisioneiro dentro do vilarejo. A caminhada por entre as vilas demonstrava também que o sentimento de todos havia mudado. Os olhos intrigados, os questionamentos quanto as suas intenções e de onde teria vindo se transformaram em esperança e fé de que Joe estava predestinado a ser o príncipe de Arawak, o escolhido pelos Deuses da Lua. A cada passo em direção ao seu primeiro compromisso do dia, a coroação, Joe recebia um sinal destinado às realezas e aos grandes guerreiros do vilarejo, uma saudação com o punho direito fechado sob a palma da mão esquerda, em frente ao peito e de cabeça baixa que era gentilmente retribuído com um leve aceno de cabeça.

Mais adiante um belo corredor formado por todos os guerreiros do vilarejo vestidos com trajes de combate em tom vermelho o aguardavam em frente ao castelo real, onde também se encontravam o grande mestre Tarú e a princesa Kirah, devidamente posicionados no portão central para a cerimônia de coroação.

Os sons das trombetas chamavam todos para mais um grande momento em Arawak: era hora da coroação de seu príncipe. Boa parte da população já o aguardava no interior do castelo e os demais, que permaneciam do lado de fora, acompanhavam a chegada de Joe passando por um corredor e recebendo o sinal de lealdade e respeito de seus guerreiros, um a um, abaixando-se com o joelho esquerdo no chão e saudando-o com a cabeça inclinada junto às mãos no joelho direito à frente. Era uma saudação devidamente sincronizada, o castelo estava completamente decorado com os estandartes vermelhos e a imagem do Deus Sol, a figura emblemática da força de Arawak e de seus guerreiros ao centro.

As quatro tochas de fogo que nunca se apagavam estavam ainda mais ardentes essa manhã, com as chamas de fogo bem acima do normal, marcando os limites do castelo. Quando Joe alcançou o primeiro dos dez degraus que davam acesso ao portão principal do castelo os sons de tambores tribais assumiram o tom da cerimônia, marcando cada passo dado, cada degrau alcançado, era como se seus passos ganhassem vida. Mais à frente, Tarú já lhe estendia a mão direita para conduzi-lo até o altar da coroação. Ao seu lado, Kirah, vestida como uma verdadeira princesa em um belo vestido bordado à mão, também o saudou, como fizeram todos os outros guerreiros. Joe segurou a mão de Tarú, cumprimentou a jovem princesa Kirah com um leve toque em sua cabeça e continuou em passos lentos junto a Tarú para o interior do castelo, onde uma verdadeira multidão o aguardava.

Joe e Tarú deram os seus primeiros passos do lado de dentro do castelo, no mesmo instante em que os sons dos tambores silenciaram e todos no interior do salão ajoelharam-se saudando a chegada do novo príncipe. Tarú interrompeu a caminhada por um breve momento e o silêncio imperou por um rápido instante até que os sons das trombetas começaram a soar junto aos sons dos tambores ecoando por todo o lugar a marcha imperial.

Sob a vibração dos instrumentos, o grande mestre Tarú voltou a ditar o ritmo das passadas, agora no corredor do salão principal do castelo, com os súditos de joelhos em sinal de respeito e saudação, as imensas colunas do salão ganharam ainda mais destaques e Joe pôde observar que todas elas estavam gravadas com os símbolos das cinco Forças da Natureza, em cada par de colunas uma força era destacada a começar pelo Sol, Lua, Água, Raio e, por último, Espíritos.

No altar da coroação havia um enorme paredão prata com os símbolos das cinco Forças da Natureza rodeando uma linda coroa feita em ouro e esmeraldas, entre as várias gravuras havia também elementos devidamente representados como árvores, cachoeiras, animais, flores entre outros.

Após o rufar dos tambores e o soar das trombetas marcarem o fim da marcha imperial e a chegada de Tarú e Joe ao altar da coroação, o grande mestre e sábio de Arawak assumiu a cerimônia.

— Há muitos anos atrás uma batalha entre o bem e o mal, entre as Forças da Natureza e as Forças das Sombras, foi travada em nosso mundo. O mal foi vencido, mas não eliminado. Ele recuou e se escondeu, esperando e se preparando para uma nova batalha, alimentando-se de vingança e sombras.

— Segundo as escrituras deixadas pelos deuses na Gruta do Conhecimento o dia das Luas Gêmeas marcará o início da preparação para a grande batalha entre o bem e o mal e um jovem recém-chegado na floresta será o grande guerreiro do bem, o único capaz de dominar as cinco Forças da Natureza e será o príncipe da floresta. Hoje recebemos você, Joe, e o coroamos como nosso príncipe, hoje damos início à sua preparação para se tornar o grande guerreiro e liderar o nosso povo na grande batalha que virá. Receba seu povo! Receba sua missão! E que as forças dos deuses estejam sempre juntas de você!

Tarú acenou para que Joe ficasse de joelhos diante de todos em sinal de respeito e lealdade a seu povo. Levantou a coroa, feita de ouro e esmeralda, com as duas mãos em direção aos céus, pronunciando na linguagem dos antigos espíritos.

— Harakunamé diro antinasú kutuma diro nomar.
— "A força que nasce dentro da alma para transformar o mundo."

Lentamente, ele desceu a coroa até a cabeça de Joe, que ainda estava de joelhos no altar da coroação.

Ao fundo do grande salão, Kirah surgia trazendo em seus braços estendidos à frente o manto vermelho e dourado do grande guerreiro e a Espada Lúmen, ao som de uma única trombeta em passos largos e firmes, marcados ao som de um tambor sobre os olhos atentos de todo o vilarejo. Joe levantou a cabeça suavemente para observar a caminhada de Kirah ao seu encontro no altar, passo a passo, degrau a degrau até ficarem frente a frente. Então Kirah se curvou diante de Joe, estendendo os objetos em sua direção.

Tarú continuou o ritual da coroação:

— Receba o manto e a espada que reúnem as cinco Forças da Natureza!

Retirou o manto das mãos de Kirah, colocando sobre os ombros de Joe com as seguintes palavras:

— Esse é o manto dos antigos guerreiros e príncipes da floresta, o manto sagrado dos deuses, símbolo de força e sabedoria!

Em seguida, Tarú ajoelhou-se ao lado de Kirah e estendeu a espada em sua direção.

— Essa é sua espada, símbolo de justiça e honra, forjada com os elementos das cinco Forças da Natureza. E hoje, diante dos olhos de todo o povo de Arawak eu o nomeio o príncipe guerreiro de Arawak, o protetor da Floresta dos Cinco Poderes! Esse é seu povo, essa é sua missão!

Ao término das palavras de Tarú e logo após Joe segurar a espada erguendo sua ponta ao céu, um repentino som de trombetas anunciava o novo príncipe e todos se levantaram saudando-o com gritos.

— Viva o príncipe Joe.

— Viva! Viva! Viva!

— Viva o príncipe Joe.

— Viva! Viva! Viva!

Com a coroação do novo príncipe, o dia seria de festas e comemorações com danças, acrobatas saltando pelo ar, guerreiros simulando combates e crianças correndo por toda a parte. Do lado de fora do salão da coroação não seria diferente, a floresta estava em festa, animais brincavam por entre as árvores e a esperança estava renovada aos olhos de todas as criaturas da floresta. Um príncipe escolhido pelos deuses, um guerreiro capaz de dominar as cinco Forças da Natureza era sinônimo de tempos de glória e de vitória, era a esperança de um futuro de amor e paz na floresta.

Após alguns cumprimentos, Tarú convidou o agora príncipe Joe para um rápido passeio pelos bosques do vilarejo e saíram conversando em uma caminhada lenta, observando tudo ao seu redor. Tarú começou mostrando a alegria que tomara conta de todo o povo.

— Eles comemoram a sua chegada, a descoberta do grande guerreiro e dominador das cinco Forças da Natureza, do novo príncipe, do líder de Arawak. Meu jovem príncipe, sua caminhada está apenas começando e teremos pouco tempo para seus ensinamentos. As Luas Gêmeas no mesmo instante que iluminaram você, também liberaram o poder das sombras ao poderoso e destemido Zoukar, o imperador do mal. O poder das sombras controla as forças negativas dos homens, seus medos e suas angústias e agora, de posse desse poder, Zoukar deve preparar seus exércitos para marcharem ao nosso encontro e destruir todo o bem e a magia da floresta. Derrotando você ele derrotará a Força dos Espíritos e nada será capaz de detê-lo!

Joe escutava atentamente as palavras de Tarú enquanto chegavam lentamente ao cume da montanha.

— Essa é a montanha mais alta do nosso vilarejo, aqui do alto dessa montanha podemos observar além dos nossos muros. Olhe bem ao norte da floresta, ali fica o lugar que chamamos de Vale das Sombras. Toda aquela parte escura com chamas de fogo e fumaça é onde moram as mais terríveis criaturas da floresta; criaturas que por algum motivo perderam suas esperanças e suas almas para Zoukar e agora vivem sob os efeitos do mal. Eles foram transformados em soldados da escuridão, são feras deformadas pelo ódio e pela dor, criaturas com duas cabeças, zumbis, aves com dentes e garras afiadas dentre outras criaturas sem vida, sem cor, sem sonhos, sem luz. Lá é apenas um vale escuro de fogo e cinzas.

Era a primeira vez que Joe avistava aquela parte da floresta, a vegetação seca, o cinza da fumaça e vários focos de fogo se destacavam mesmo vistos de tão longe. Em nada pareciam com o verde e colorido do vilarejo de Arawak.

Uma estranha sensação de arrepio e medo tomou conta de seu corpo, era difícil imaginar como seria a vida naquele lugar. Enquanto refletia sobre sua difícil missão e sobre as palavras de Tarú na luta do bem contra o mal, na Força dos Espíritos e no poder das sombras, Kenna apareceu gritando e correndo bem abaixo no pé da montanha, acompanhada de Kirah e algumas outras crianças.

— Príncipe Joe, desça, por favor, hoje é um dia de comemorações e todos no vilarejo estão em festa por você.

Tarú deu um leve sorriso e acenou para baixo, olhou para o príncipe Joe e falou, ainda sorrindo.

—Desça jovem príncipe, as crianças estão certas, hoje é um dia de comemorações. Junte-se ao nosso povo no vilarejo e amanhã bem cedo daremos início aos ensinamentos... Vá, vá...

Joe desceu correndo em direção ao pé da montanha ao encontro de Kirah e das crianças. A floresta estava radiante, incrivelmente brilhante e a alegria estampada nos olhos de todos. Quando chegou ao pé da montanha, Joe segurou as mãos de Kirah e, olhando bem no fundo de seus olhos, mostrou toda a sua preocupação em sua recente visão.

— Você já esteve lá? No Vale das Sombras? Você já lutou contra eles? Contra Zoukar?

Kirah pôde sentir os arrepios do jovem príncipe, mas decidiu mudar o rumo da conversa.

— Hoje não, príncipe Joe, hoje não. Hoje é um dia de festa! O dia da sua coroação e todos queremos compartilhar esse momento com você... Vamos! Vamos!

Kirah correu junto às pequenas crianças puxando o jovem príncipe, voltando ao vilarejo e às comemorações. Uma farta mesa de frutas estava sendo servida bem ao centro de Arawak, e uma grande dança de roda se formou com a chegada de Kirah. Joe, Kenna e as crianças dançavam de mãos dadas sob o ritmo de palmas e tambores tribais. Rostos pintados e muita alegria por todo o lugar, vez ou outra um casal invadia o centro da roda em uma dança a dois, arrancando gritos entusiasmados de todos. Foi quando Kirah puxou o príncipe Joe para o centro da roda e começaram a dançar e girar juntos como duas crianças, empolgando a todos, que gritavam:

— Viva! Viva! Viva! Viva o príncipe Joe.

O Sol já começava a se pôr e com ele o final de um grande dia de comemorações. Era preciso descansar e se preparar para o dia seguinte, o primeiro dia de treinamento. Joe sabia muito bem que não seria fácil e por tudo o que já havia passado e visto naquele lugar sabia que teria muita coisa para provar no seu primeiro dia, pediu licença a todos e se recolheu aos seus aposentos guiados por soldados guerreiros de Arawak e agora não mais como um prisioneiro, mas sim, como o príncipe escolhido pelos deuses. Em seu belo aposento, uma janela dava visão ao céu do vilarejo que nessa noite estava ainda mais fascinante com o brilho da aurora boreal: um colorido mágico criando formas e cores num céu repleto de estrelas.

O cansaço começou a tomar conta de seu corpo. Como se estivesse dentro de um sonho, as formas no céu ganhavam os símbolos das cinco Forças da Natureza: Sol, Lua, Água, Raios e Espíritos. Uma imagem esfumaçada cheia de cores no céu e, de repente, uma nuvem escura apareceu como um grande borrão destruindo cada símbolo. Joe, preso em seu sonho, suava sobre a cama em uma tentativa frustrada de se soltar e salvar todos do mal que corriam. Em flashes, golpes surgiam tão rápidos quanto mortais, e a cada símbolo derrotado a imagem da nuvem escura ganhava uma forma ainda mais definida.

Mesmo preso em seu sonho uma coisa ficou clara para Joe: a imagem era Zoukar ficando cada vez mais forte, destruindo uma a uma as Forças da Natureza e vindo em sua direção pronto para destruí-lo. Em sua última tentativa de se soltar e se defender, Joe usou toda sua força quebrando as amarras, desviando um golpe usando as mãos, mas sofrendo um leve corte na palma da mão esquerda. Acordou aos gritos, suado e ofegante em cima de sua cama, olhou atentamente para a janela de seu quarto e percebeu que tudo estava bem, não havia passado de um sonho, e o céu de Arawak continuava estrelado com o colorido da aurora enfeitando aquela noite, mas uma estranha sensação ainda perturbava sua mente: *O que foi isso? Parecia tudo tão real! Ainda sinto a dor do corte em minha mão.*

Joe abriu a mão esquerda e a sensação de dor aumentou. O corte era real e o ferimento ainda sangrava, causando-lhe muita dor. Como por instinto, ele rasgou um pedaço do lençol e cobriu o ferimento estancando o sangramento e diminuindo a sensação de dor.

— Eu devo estar maluco! Como isso é possível?

Aos poucos, sua respiração foi voltando ao normal e seu corpo foi acalmando, mas antes mesmo que ele caísse no sono por completo, novamente olhou para sua mão ferida e a apoiou junto ao peito, na esperança de que tudo voltaria ao normal pela manhã.

No dia seguinte, ainda com os primeiros raios de sol aparecendo, Tarú entrou em seus aposentos com a pressa de quem sabia que o dia seria duro e a missão ainda maior.

— Vamos, meu jovem príncipe, esse será seu primeiro dia de treinamento e aprendizado, levante-se, vista-se e junte-se a nós no café da manhã. Mas o que houve com sua mão? Vejo que se cortou. Deixe-me ver isso...

Joe estendeu sua mão esquerda retirando o curativo improvisado feito há poucas horas atrás. O pedaço de pano estava manchado com seu sangue, mas o ferimento havia estancado. Tarú mostrou certo espanto ao ver a cicatriz formada na palma da mão de Joe, ele já havia visto esse mesmo ferimento antes.

— Vejo que você já teve o seu primeiro encontro com Zoukar, o imperador do mal! Achei que ele nos daria mais tempo antes de usar sua magia, você deve ter tido uma noite e tanto de pesadelos. Hoje ao término do dia, seu treinamento será comigo e vou lhe ensinar a dominar seus sonhos! Agora vamos, todos nos aguardam no salão.

Num salão destinado as refeições estavam reunidos alguns dos mais habilidosos mestres e guerreiros do vilarejo, dominadores das mais variadas Forças da Natureza. Quando Tarú e Joe entraram no salão todos se levantaram gerando um enorme barulho com o arrastar das pesadas cadeiras de madeira extraídas da floresta e os saudaram com o punho direito fechado sob a palma da mão esquerda em frente ao peito e de cabeça baixa. Joe sentou na ponta esquerda da mesa e Tarú caminhou até o outro extremo, sentando na ponta direita bem em frente ao jovem príncipe. Uniu as mãos em frente ao rosto e agradeceu aos deuses pelo novo dia.

O café daquela manhã já fazia parte dos ensinamentos de Joe, a oração, os cumprimentos, tudo fazia parte das tradições e da cultura de Arawak. Era também o primeiro encontro de Joe com seus conselheiros, mentores e companheiros de guerra. A mesa era composta por oito lugares:

× Tarú — O grande mestre e sábio de Arawak

× Turak — O maior dominador do Sol.

× Kirah — Mestre das águas e dominadora de mais outras duas forças.

× Trina — Dominadora da Lua.

× Seiti — Senhor dos Raios

× Minoru — Um velho urso ancião que já viveu nos quatro cantos da floresta andando entre os vilarejos.

× Yan — Mestre em lutas e espadas.

× Joe — O jovem príncipe e guerreiro.

Tarú continuou demonstrando a sua preocupação em dar início o quanto antes aos treinamentos:

— Agora que fomos todos devidamente apresentados, sinto que é de extrema urgência que iniciemos o treinamento do jovem príncipe Joe! Acreditávamos que teríamos mais tempo antes que Zoukar descobrisse a existência do príncipe escolhido pelos deuses, mas ele se mostrou mais forte do que nunca. Na noite anterior, Zoukar, usando sua magia negra, invadiu o sono de Joe através de seus medos e de sua insegurança, mostrando que está pronto para nos atacar.

— E para se tornar um dominador da Força dos Espíritos Joe precisará dominar primeiro as outras quatro Forças da Natureza: Sol, Lua, Água e Raios. Deverá também aprender as técnicas de luta, manusear a espada e conhecer sobre os quatro cantos da Floresta dos Cinco Poderes, seus vilarejos, suas magias, seus animais e suas culturas.

— Começará aprendendo a lutar com o mestre Yan e depois conhecerá um pouco mais sobre a floresta com o mestre Minoru. Um a um os mestres lhe ensinarão e ajudarão a se tonar um grande guerreiro e depois seremos eu e você, vou ensiná-lo a despertar a força interior que existe em você, príncipe Joe.

— Agora, vamos! E que os deuses estejam com todos nós!

Com essas palavras, Tarú encerrou a reunião e nem precisou que os outros falassem nada, todos sabiam da importância de cada um e do quanto o futuro da floresta dependia do sucesso, dos ensinamentos e do aprendizado do jovem príncipe.

Quando o príncipe Joe se levantou, todos à mesa se levantaram juntos e repetiram o gesto de saudação. O mestre em lutas e espadas, Yan, saiu em seguida, levando o jovem príncipe ao campo de treinamento dos guerreiros lutadores, um lugar cheio de armadilhas e desafios para treinar reflexos e habilidades.

— Bem-vindo ao campo de treinamento de lutadores, aqui vamos testar seus limites, sua força, seus reflexos e principalmente suas fraquezas! Isso certamente será diferente, pois eu nuca havia treinado um príncipe antes, ainda mais, um que foi escolhido pelos deuses — disse Yan, subestimando Joe.

Joe sentiu-se incomodado com a ênfase que deu em chamá-lo de "príncipe" e então retrucou a colocação do mestre Yan.

— Mestre, creio que não estou aqui nesse campo de treinamento para me tornar um príncipe, mas sim, um guerreiro! E me sentiria muito honrado em ser treinado como tal.

O mestre se mostrou muito satisfeito com a postura e as palavras do jovem príncipe.

— Pois bem, vejamos então como você ataca de mãos vazias. Venha tente me derrubar!

Apesar de ter vivido boa parte de sua infância nas ruas, Joe sempre evitou confrontos diretos ou mesmo brigas com quem quer que fosse, sempre se esquivou ou fugia por entre as vielas evitando todo e qualquer contato físico.

— Vamos, Joe, tente me derrubar, mostre-me o que sabe fazer.

O jovem príncipe partiu a toda velocidade em direção ao seu oponente na tentativa de jogá-lo ao chão usando os ombros, buscando segurar suas pernas. Sem que Joe percebesse, o mestre Yan saltou por cima dele dando um giro no ar e caindo ao lado oposto em que se encontrava. O movimento repentino e inesperado fez com que Joe batesse com muita força a cabeça em uma enorme árvore que se encontrava atrás de seu mestre, fazendo-o cair zonzo com o impacto. Yan sorriu ao ver o jovem príncipe caído ao chão.

Isso será mais difícil do que eu esperava, pensou Yan.

Em seguida, Yan ajudou o príncipe Joe a se levantar e se recompor, voltando a ficar de pé.

— Bom, já chega. Já sei por onde devemos começar o seu treinamento. Primeira lição: para lutar você precisa aprender a ficar em pé, não é possível vencer um oponente se você estiver caído no chão, então vamos trabalhar o seu equilíbrio, a sua base, ok? Venha até aqui, vamos usar esse lago e essa base de madeira. Seu primeiro exercício será manter-se em cima deste tronco sem cair e sem se molhar.

Joe olhou para o pequeno pedaço de madeira que mal cabiam seus pés e perguntou:

— Como vou subir nesse tronco? Ou melhor, como alguém consegue ficar em pé nesse pedaço de madeira flutuando em um lago?

No momento em que Joe olhava para seu mestre à procura de resposta, Yan já estava sobre o tronco flutuando nas águas do lago.

— Meu jovem príncipe, tudo é uma questão de acreditar! Concentre-se, sua mente controla seu corpo. Uma mente perturbada é um corpo sem equilíbrio. Vamos lá. Tente, agora é a sua vez.

Joe caminhou até a beira do lago colocando o pé direito em cima do tronco e tentando se equilibrar sobre o pequeno pedaço de madeira escorregadiço como uma barra de sabão deslizando de um lado para o outro sem dar a mínima segurança para que ele colocasse o peso de seu corpo por completo.

— Vamos lá, Joe, acredite! Domine seus pensamentos.

As palavras de incentivos funcionaram como um empurrão e o príncipe saltou com os dois pés sobre o pequeno tronco, fazendo com que a base deslizasse sobre as águas e ele caísse de costas no fundo do lago.

Mais uma vez, o mestre Yan teve que estender a mão para levantar o jovem príncipe só que desta vez completamente molhado.

— Vamos lá, Joe, eu sei que você é capaz. Esvazie sua mente. Pense em um lugar de paz e harmonia, algo que lhe pareça belo e tranquilo.

Na mente de Joe uma imagem começou a se formar: a beleza da Cachoeira dos Espelhos, o primeiro lugar visto por ele quando percebeu que estava na Floresta dos Cinco Poderes, um lugar mágico e harmonioso com som de pássaros e água correndo sobre as pedras. Ele, então, subiu no tronco de madeira, mas agora em total harmonia e equilíbrio com a natureza.

— Isso! Você conseguiu! Deixe essa paz dominar sua mente e sua mente vai dominar seu corpo. Agora olhe para mim e repita os meus movimentos.

Em solo firme, o mestre Yan começou a fazer movimentos de luta. Equilibrando-se em uma só perna, dando chutes em câmera lenta para o alto, abrindo os braços como se fosse uma águia em pleno voo. Joe imitava cada movimento como se fosse um espelho de seu mestre.

— Respire, inspire, sinta-se em harmonia com a natureza e com o universo. Deixe a sua força interior fluir — falava Yan, enquanto executava os movimentos.

— Chute! Chute! Soco! Soco! Ataque e defesa, braços à frente! Muito bom! Muito bom, Joe.

Os exercícios sobre as águas duraram algumas manhãs, mas era preciso acelerar as coisas, e Joe ainda precisava começar a aprender a usar a Espada Lúmen.

— Ok, príncipe Joe, vamos para a segunda parte do seu treinamento. Segure essa espada de madeira, vamos começar com ela, posicione seus pés mantendo o equilíbrio, cuidado com a postura. Sua espada é mais do que uma arma, ela é a extensão do seu corpo. Use-a para se proteger e para atacar. E tente não perdê-la em uma luta, se por acaso deixá-la cair isso poderá ser o seu fim. Repita comigo: defesa, defesa, ataque, ataque, defesa, ataque...

Os movimentos do jovem príncipe foram melhorando a cada exercício e a cada repetição, assim como sua agilidade e força cresciam a cada nova fase de seu treinamento, mas sua preparação consistia também em compreender os segredos, os mistérios e a magia da floresta e em intermináveis horas com o ancião Minoru, um velho urso branco curandeiro que passou boa parte de sua longa vida em aventuras por toda a floresta, aprendendo sobre as culturas, tradições e técnicas de diferentes curandeiros dos quatro cantos da floresta.

As histórias do Urso Ancião Minoru pareciam não ter fim e sempre rendiam boas risadas, aventuras e uma boa dose de suspense.

O importante era que por traz de tudo havia muito ensinamento sobre os habitantes, a fauna e a flora da Floresta dos Cinco Poderes, assim como de seus vilarejos e suas armadilhas.

— Meu pequeno e jovem príncipe, estou aqui desde muito, muito tempo e para conhecer as magias deste lugar é preciso deixar sua imaginação voar. A floresta é um lugar de sonhos, fantasias e aventuras. Abra sua mente e vamos sonhar juntos.

— Aqui no Vilarejo de Arawak moram os mais fortes e bravos guerreiros de toda a floresta, dominadores da Força do Sol, são também muito velozes e grandes saltadores. Além desse vilarejo, existem outros três grandes vilarejos e dois vales, um chamado Vale dos Espíritos e outro Vale das Sombras, um lugar sombrio e muito perigoso, o lugar mais assustador que já estive em toda minha vida.

Joe olhou assustado para o Urso Minoru, surpreso por ele já ter ido ao Vale das Sombras.

— Você já esteve no Vale das Sombras? Como conseguiu sair de lá? Você enfrentou o poderoso Zoukar?

O velho e sábio Minoru olhou para o alto, como lhe era de costume, e com toda sua paciência voltou a falar:

— Acalme-se, meu jovem príncipe Joe, antes de falarmos sobre esse lugar você precisa conhecer um pouco mais sobre a Floresta dos Cinco Poderes, vamos dar um passo de cada vez — falou Minoru tentando acalmar Joe. Existem três outros vilarejos repletos de encantos e belezas. *O VILAREJO DE YRAWAK, onde estão as dominadoras da Força da Lua*, fica bem ao oeste da floresta mágica, um lugar habitado por fadas e com uma incrível vegetação. Lá, os animais são coloridos e extremamente amigáveis, aves vermelhas colorindo os céus durante o dia e a noite, uma quantidade infinita de vagalumes ilumina a vegetação dando vida à floresta. As fadas são as dominadoras da Força da Lua e ficam extremamente vulneráveis durante o dia, por isso precisam tanto de nossa proteção. Aprendi com elas que há vida em tudo na floresta, desde as pequenas criaturas até as grandes árvores que nos protegem, tudo tem seu propósito nesse mundo.

Ele continuou:

— *No VILAREJO DE YGUAÇU, estão as dominadoras da Força das Águas*, é um lugar mágico e repleto de belezas naturais com enormes quedas-d'água formando inúmeras cachoeiras que levam ao encontro de dois grandes rios: o Negro e o Dourado. É o encontro de duas joias da natureza, e apesar de correrem sempre juntos nunca se misturam. Foi lá também que encontrei as mais fortes e belas guerreiras da floresta, as sereias de Yguaçu. Elas possuem incríveis poderes de dominação das águas e em terra firme caminham como mulheres fortes e destemidas, jamais desistem de uma boa batalha. No V*ILAREJO DE* H*AUMANÁ*, estão os dominadores da Força dos Raios, é o lugar onde eu nasci, fica no noroeste da floresta mágica, uma região de grandes montanhas e desafios, é o lugar mais frio da floresta, habitada por ursos brancos, grandes e fortes. Lá se aprende a dar valor à família desde muito cedo, pois é um lugar onde a força não está no individual, mas sim, no grupo, no coletivo. Em nossas grutas e cavernas encontramos nossas forças e raízes, temos o dom da cura, o poder de criar tempestades com raios rasgando o céu para atingir nossos inimigos. Mas lembre-se, um urso sozinho é apenas um urso, precisamos sempre de outros dominadores. São necessários pelo menos dois mestres dominadores para que se possa gerar nosso poder de dominação dos raios e sem a Força dos Raios somos somente curandeiros. O V*ALE DOS* E*SPÍRITOS,* é o lugar mais sagrado de toda a floresta mágica, *onde habitam os espíritos das cinco forças,* dentre elas o espírito da mãe natureza, é um verdadeiro santuário de paz e amor, onde tudo que existe na floresta está devidamente representado. Belos campos de flores como os que existem aqui no vilarejo de Arawak, belos rios de águas calmas e cristalinas, uma linda vegetação de todas as cores, grandes montanhas e grutas. Acreditamos que foi lá no Vale dos Espíritos onde tudo começou. É também o lugar onde está a Árvore da Vida, o berço da mãe natureza conhecida como A Grande Alma, é uma árvore tão grande que sua copa se esconde por sobre as nuvens, segundo algumas escrituras, suas raízes se estendem por toda a floresta conectando tudo o que existe nesse solo sagrado. É o que nos mantém vivos e é também para onde vamos quando partirmos. Se um dia o Vale dos Espíritos for destruído, tudo o que somos e conhecemos deixará de existir.

Essas últimas palavras do velho e ancião, Urso Minoru, mostraram o quanto era importante lutar para manter o Vale dos Espíritos e toda a Floresta dos Cinco Poderes a salvo de todo mal. A floresta é um lugar de sonhos e fantasias onde tudo estava conectado e nada era por acaso. Joe passou a entender que não estava ali por um simples engano, tinha algo maior, ele era o escolhido e de alguma forma sua vida o preparara para enfrentar esses desafios. A floresta agora era seu lar e todos os habitantes e animais, agora eram sua família, como se de certa forma ele sempre pertencesse àquele mundo e todos ali contassem com ele para manter a Árvore da Vida, a Grande Alma, sempre de pé.

Os dias passavam rapidamente e a cada dia o jovem príncipe Joe adquiria novas habilidades e conhecimentos sobre a floresta e seus habitantes, mas ainda havia muito a se fazer, e o tempo estava cada vez mais curto. Havia relatos por todo o vilarejo de que Zoukar preparava um pequeno exército para invadir o vilarejo de Yguaçu. Era hora de aprender as técnicas de dominação das Forças da Natureza.

Sempre que terminava suas atividades e treinamentos com outros mestres, ao final de cada dia, Tarú ensinava Joe a se proteger durante os sonos contra as tentativas de Zoukar em dominar suas fraquezas e emoções, e saber de seus reais poderes. Com os ensinamentos de Tarú, Joe conseguia dormir durante as noites, e nessa noite não foi diferente, apesar dos boatos sobre Zoukar e seu exército. A preocupação era inevitável, e por isso, Joe rolou pela cama por algumas horas, mas logo pegou no sono, sabendo que na manhã seguinte seu encontro com Kirah seria muito cedo e ele teria seu primeiro contato real com uma das cinco Forças da Natureza: a Força das Águas e suas técnicas de dominação.

Ao amanhecer de um novo dia antes mesmo do raiar do sol, Kirah encontrou-se com Joe nas escadas do castelo e ambos caminharam em direção ao Lago do Batismo, considerado o lugar ideal para dar início às técnicas e práticas de dominação das Águas. As ruas do vilarejo ainda estavam vazias com alguns poucos trabalhadores acordando para dar início às suas atividades cotidianas. Durante toda a caminhada do trajeto até o lago, Kirah e Joe não trocaram uma só palavra. Apesar de todo respeito e admiração entre ambos, Kirah sabia que era necessário muita concentração e controle para dominar uma Força da Natureza e que o dia seria longo e de muitas repetições.

    Assim que chegaram às margens do lago, Kirah sentou-se dobrando as pernas à sua frente e apoiando os braços sobre os joelhos, ficando em posição de meditação. Ela pediu que o jovem príncipe fizesse o mesmo. Em seguida, os primeiros raios de sol apareceram cortando as árvores e cruzando todo o lago como se fossem luzes douradas por sobre as águas. Foi com esse lindo cenário que Kirah iniciou o treinamento de dominação das Águas.

    — Para dominar uma Força da Natureza, primeiro é preciso sentir essa força dentro de você! Seja ela qual for: Sol, Lua, Água, Raios ou Espíritos. Deixe essa energia tomar conta de você. Seu corpo é composto por aproximadamente 70% de água, isso deixa você diretamente conectado com essa força. Imagine que você é um rio em um curso forte em direção ao mar, deslizando leve sobre as pedras e desviando de todos os obstáculos. Sinta esse poder como se fosse uma grande cachoeira, destruindo tudo e qualquer coisa que tente impedir seu curso, as barragens ao seu redor que tentam de forma inútil limitar seu espaço. Seja rápido e forte, assim é um grande rio. Agora, sinta a energia quando se encontra com o mar. Essa é sua grandeza! Essa é sua força! Você é um dominador das Águas.

    As palavras de Kirah pareciam dominar a mente do príncipe e, sob os efeitos destas, Joe se sentiu realmente como se fosse um rio. Podia sentir toda sua suavidade, força, energia e toda sua grandeza. Quando Kirah terminou suas palavras e ambos abriram os olhos, Joe estava com aquele ar de surpresa e admiração que ela já havia visto em outras situações como quando ele a observava no campo de flores.

— Isso foi incrível, era como se eu estivesse lá! Eu nunca havia pensado nas águas dessa maneira com tanta força e suavidade capaz de ser tão bela quanto destrutiva. A água sempre me pareceu tão frágil. Eu me senti como se fosse um rio, um grande e forte rio!

Kirah observava tudo, o entusiasmo e a empolgação do príncipe Joe. Ela também estava surpresa com o que acabara de presenciar. Nunca antes alguém havia conseguido se conectar com tanta força e intensidade a uma Força da Natureza em tão pouco tempo. Era apenas o primeiro contato de Joe com as Forças da Natureza e com a Força das Águas.

— Não era como se fosse, príncipe Joe. Você era o rio! E eu nunca vi nada igual. Sua concentração chegou ao nível máximo, você percorreu todos os caminhos que falei e ficou inteiramente conectado com esse rio e até mesmo com o mar, isso normalmente só acontece aos nativos de Yguaçu e demora muito tempo até chegar nesse nível. Veja a água do lago!

A água do Lago do Batismo ainda estava turva e agitada, quando Joe virou-se em direção a elas. Como se uma onda chacoalhasse todo o lago de um lado para o outro.

— Mas fui eu quem fez isso? Como isso tudo aconteceu?

Joe olhava para sua mão e seu corpo enquanto esperava uma resposta razoável de Kirah para explicar o que estava à sua frente. Como ele poderia ter causado tanta agitação nas águas?

— Tarú estava certo! Há algo de especial em você, príncipe Joe; algo que faz de você um filho da Floresta dos Cinco Poderes. Os deuses nunca se enganam! Bom, agora sabemos do que você é capaz. Precisamos praticar para que você domine todo esse poder sem se ferir ou ferir os outros, pois como você já ouviu falar, todo grande poder traz grandes responsabilidades.

Kirah decidiu que era hora de ambos entrarem no lago e avançarem um pouco mais nos exercícios, aumentando o nível de dificuldade.

— Vamos praticar dentro do lago! Desça um pouco mais, príncipe Joe, deixe que a água fique na altura de sua cintura, desta forma será melhor para você praticar essa técnica. Alguns desses movimentos que eu vou lhe ensinar agora serão de muita utilidade para sua defesa e ataque quando estiver em um combate e precisar usar essa Força da Natureza.

Kirah fazia movimentos dentro do lago que mais pareciam um balé, empurrando e puxando as águas próximas a seu corpo e Joe repetia fielmente cada movimento em um sincronismo incrível. Era como se ambos já fizessem aquilo durante anos.

A cada movimento, as águas iam e vinham de acordo com suas vontades. Alguns movimentos faziam as águas explodirem no ar, causando uma fina chuva, que em contato com os raios de sol pareciam pingos dourados caindo do céu. Mas, apesar do lindo cenário que proporcionavam, não era um espetáculo sobre as águas, eram exercícios de ataque e de defesa. Kirah estava transformando o jovem príncipe em um grande guerreiro dominador da Força das Águas. E como era de se esperar, as repetições dos movimentos invadiram a tarde e boa parte da noite daquele dia, até que Kirah se deu por satisfeita e decidiu retornar ao castelo e ao vilarejo após terminarem mais uma série de repetições.

No caminho de volta até Arawak, ao contrário do que ocorrera pela manhã, os dois não paravam de falar sobre as incríveis experiências que viveram durante todo o dia. A conversa fez com que ambos não dessem conta da distância que percorreram juntos e quando perceberam já estavam nas escadas do salão principal do castelo novamente, à frente do grande mestre, Tarú, que já esperava por Joe para mais uma de suas longas conversas e ensinamentos sobre a força interior que existe em cada ser. As conversas com Tarú sempre foram de grande importância e aprendizado para o jovem Joe, mas essa noite em especial ele estava muito mais interessado na companhia da bela e jovem princesa Kirah e no quanto foi agradável todo o dia que passaram juntos. Não estava interessado em mais uma noite de ensinamentos, mas Tarú se despediu de Kirah e conduziu o jovem príncipe até a Gruta do Conhecimento sem sequer dar tempo de Joe se despedir. Havia um certo olhar de mistério em Tarú aquela noite, como se algo de muito especial ainda tivesse que ser revelado.

O brilho da lua nova iluminava toda a floresta quase que tornando dispensável a tocha de fogo que Tarú colocou nas mãos de Joe para iluminar o trajeto. E quase tão lento como seus passos eram as palavras do grande mestre Tarú nessa noite.

— Hoje quero que conheça um lugar sagrado! A Gruta do Conhecimento é onde estão todos os ensinamentos e segredos da floresta. É aqui também que você vai entender sobre sua existência e sua ligação com este mundo. Foi através das escrituras que tive a certeza de que você seria o escolhido pelos deuses, tudo está escrito nessas paredes e cada fato novo ganha seu lugar e uma nova linha é escrita nas paredes da Gruta do Conhecimento, nesse lugar sagrado e mágico. O futuro ainda tem algumas de suas páginas em branco e suas ações vão determinar essas novas escrituras. Venha aqui sempre que precisar de ajuda, vou lhe ensinar a ler as antigas escrituras e elas vão lhe revelar tudo o que você precisa saber sobre você e seus caminhos. Hoje quero apenas que veja essas paredes, elas, um dia, serão de grande valor para você. Agora, vamos! Amanhã será um dia em dose dupla, você terá ensinamentos sobre o poder e a dominação do Sol e da Lua.

Joe sabia que por trás de quase tudo que o grande mestre Tarú falava havia sempre uma outra coisa para se descobrir, tudo era quase sempre um enigma, mas desta vez ele deixou bem claro ao dizer: "Vão lhe revelar tudo o que você precisa saber sobre você e seus caminhos", bem como "é aqui também que você vai entender sobre sua existência e sua ligação com este mundo". Será que Tarú conhecia seus pais ou avós? E o que teria que ser revelado?

Joe sabia que para descobrir algo a mais teria que esperar por uma nova oportunidade, pois naquele instante ambos já caminhavam de volta ao castelo e o grande mestre Tarú, enquanto se aproximava do vilarejo, conduzira a conversa para outro assunto, falando sobre as técnicas e os treinamentos. Tarú se despediu do jovem príncipe e retirou-se para seus aposentos.

No dia seguinte como era de se esperar, Turak apareceu ainda pela manhã nos salões do castelo à procura de Joe para mais um dia de treinamento e técnicas de dominação.

— Vamos lá, príncipe Joe, vamos aproveitar essa manhã ensolarada para praticarmos. Um filho de Arawak e guerreiro do Sol, é acima de tudo um amante do dia e se alimenta dessa energia da manhã.

Joe realmente sempre se admirava com a disposição de todos no vilarejo. Os primeiros raios de sol eram como uma fonte de energia extra. Em um instante, as ruas estavam tomadas pelos moradores cumprindo com suas atividades cotidianas.

— Vamos até o campo de treinamento onde você já conhece bem, lá certamente será um bom lugar para praticarmos. Você vai aprender hoje a usar a energia do Sol e o calor que existe em seu corpo para derrotar seus inimigos, mas antes de tudo isso, vamos trabalhar seus sentidos. Você deve ter percebido que suas formas e seus sentidos tiveram uma grande transformação aqui em Arawak! A audição, o olfato e sua força, são qualidades de um guerreiro do Sol, percebemos algo a quilômetros de distância. Foi assim que encontramos e capturamos você naquele dia, lembra?

As lembranças da chegada de Joe à Floresta dos Cinco Poderes certamente estavam muito vivas em sua memória assim como toda a dor e medo que sentira ao ser arrastado floresta adentro. Ele estava com uma cara de quem não gostava nem um pouco dessas lembranças e também do fato de seu captor ser hoje seu mestre. Joe respondeu em tom frio e seco:

— Sim, eu lembro muito bem desse dia. Acho que foi o dia em que você também quis me matar se não estou enganado.

Turak apesar de estar surpreso com a resposta não quis e nem podia se envolver numa disputa a essa altura com o jovem príncipe.

— Perdoe-me, príncipe Joe, estávamos apenas cumprindo nosso dever. Mas o fato é que foram essas qualidades aguçadas que permitiram nosso sucesso em capturá-lo e são essas qualidades que iremos trabalhar antes de tudo. Deixe-me vendar seus olhos, isso tornará sua audição mais atenta ao que você não pode ver.

Com os olhos vendados, Joe realmente pôde perceber que seus ouvidos captavam coisas antes imperceptíveis. Ele podia ouvir o som de uma corrente de água que estava a quilômetros de distância e o som dos ventos sobre as folhas pareciam soprar em suas orelhas.

— Que incrível! Posso ouvir e sentir tudo ao meu redor. Onde está você Turak?

Enquanto Joe ainda se divertia, um golpe certeiro de madeira atingiu sua cintura.

— Concentre-se, isso não é uma brincadeira. Você pode ouvir e sentir minha presença bem antes que eu o machuque.

As palavras de Turak causaram certa irritação em Joe.

— Mas você não avisou que iria me atacar. Como eu poderia me defender?

De repente outro golpe o atingiu. Desta vez o ataque foi pelas costas.

— Concentre-se, jovem príncipe! Ou você acredita que seus inimigos vão lhe avisar quando e de onde virão os ataques? Vamos lá! Defenda-se! Você já aprendeu as técnicas de luta, não é?

Joe parou por um leve momento e começou a perceber e a ouvir o som de passos dando voltas ao seu redor, podia sentir também a respiração de Turak. Lembrou-se das técnicas de defesa que aprendera outro dia com o mestre Yan, e quando Turak dirigiu outro golpe em sua direção, ele se defendeu segurando o pedaço de madeira usado por Turak para golpeá-lo.

— Isso, príncipe Joe, sinta e antecipe os golpes. Vamos lá...

— Defenda-se príncipe!!! Isso mesmo! Deixe seus sentidos comandarem suas ações. Confie em você e nos seus sentidos...

Esses exercícios se repetiram por horas e eram cada vez mais rápidos e intensos, sem que Turak conseguisse atingir ou penetrar as defesas de Joe.

— Muito bom! Muito bom mesmo, príncipe Joe. Agora que conseguimos atingir o mais alto nível de concentração vamos ver como se sai com a dominação da Força do Sol.

— O Sol é de todas as Forças da Natureza, a mais intensa, isso se deve ao seu enorme poder de destruição. Por conta disso vamos começar aprendendo a controlar esse poder. Concentre-se no calor do Sol, sinta os raios percorrendo seu corpo. Repita os movimentos junto comigo e deixe a energia fluir por entre suas mãos. Está sentindo? Consegue ver isso? É a chama do Sol! Esse é o nosso grande poder!

Joe mal podia acreditar no que estava fazendo, estava segurando uma chama de fogo, criada por ele sem se queimar, em suas mãos. Podia sentir seu calor, mas não se queimava.

Turak parecia cada vez mais preocupado com os movimentos de Joe e continuava orientando cada gesto do jovem príncipe.

— É isso aí, príncipe Joe! Você está dominando a Força do Sol! Essa é sua chama. Vamos colocar alguns alvos para você atingir! São nove alvos ao seu redor, quero que os atinja com fogo.

Joe levou apenas alguns segundos para entender o exercício e atingir com precisão todos os alvos, um a um. Turak continuou aumentando o nível de seu treinamento.

— Vamos tentar uma técnica mais avançada de dominação já que você se mostrou capaz de executá-la. Com ela você será capaz de se deslocar através do ar como uma bola de fogo, de um canto para o outro. É como uma chama em pleno voo.

— Volte a se concentrar, crie sua chama de fogo, deixe-a envolver seu corpo, sinta a gravidade sumindo, isso deixará seu corpo mais leve e logo você estará pronto. Muito bem, mas vá devagar, agora em um salto pule em uma direção.

— Hahahahahahaha! Muito Bom! Vamos praticar um pouco mais.

O salto de Joe o levou direto para um lago, deixando-o inteiramente molhado e apagando a chama de fogo. Algo tão inesperado que o próprio príncipe caiu em gargalhadas

— É! Eu realmente preciso praticar melhor esse movimento — eles riram.

Turak dirigiu-se ao seu encontro estendendo-lhe a mão e tirando-o do lago.

— Por hoje chega, outro dia daremos sequência a essa técnica. Como última lição ficamos com essa: "Se alguém jogar água sua chama vai apagar" — Turak falava dando gargalhadas. — Além do mais você ainda terá uma longa noite pela frente com seu treinamento de dominação da Força da Lua.

O dia com Turak foi bastante proveitoso e revelador. Apesar dos duros exercícios, Joe pôde sentir em Turak um guerreiro fiel e um amigo com quem poderia contar em todas as horas. Uma visão bem diferente do seu primeiro encontro.

Após os exercícios no campo de treinamento e o salto direto ao lago que o deixou inteiramente encharcado, Joe caminhou até o vilarejo para trocar sua roupa e seguiu em direção a um novo encontro, um que certamente duraria a noite inteira.

Por entre as árvores da floresta, um pouco mais afastado do vilarejo, Trina o aguardava já sob o brilho intenso de uma enorme Lua cheia.

— Olá, príncipe Joe, enfim vamos dar início ao seu treinamento e também às técnicas de dominação da Força da Lua. Bem-vindo ao Bosque da Transformação, eu escolhi esse lugar porque a Força da Lua é um poder de mutação! É a capacidade de se transformar em outro ser ou criatura. Na sua grande maioria os dominadores da Lua só conseguem se transformar em duas ou três formas e isso varia entre cada dominador. O mais comum é a transformação em lobo, tigre ou gavião, esses três animais estão muito presentes por toda a floresta. Há muitas décadas atrás, havia uma jovem fada dominadora da Lua no vilarejo de Yrawak com uma nova técnica capaz de se transformar em qualquer coisa ou criatura que desejasse, seu poder de dominação era tão grande que o imperador do mal, Zoukar, coordenou um ataque a todo o vilarejo com o objetivo de destruir as jovens fadas e acabar com qualquer possibilidade de desenvolvimento dessa técnica de dominação. Quando a fada Lumi partiu, tudo o que nos restou foram as antigas técnicas de dominação.

Trina fez questão de contar essa parte da história para o jovem príncipe. Ela se orgulhava de ser uma fada dominadora da Lua, havia decidido desde muito cedo a ensinar os poderes de seu povo e a aprender novas técnicas de dominação, andando de vilarejo em vilarejo por toda a floresta. Porém, Joe era sem dúvida seu maior desafio, ele foi escolhido pelos deuses na noite mais importante para os dominadores da Lua: a noite das Luas Gêmeas.

— Mas chega de histórias! Afinal esse é o papel do velho e sábio Minoru.

— Aqui nesse bosque de Arawak é um lugar perfeito para praticar a dominação da Força da Lua, já que para uma transformação precisamos de muita calma e concentração.

Após um longo tempo apenas escutando e observando tudo à sua volta, Joe resolveu perguntar e tirar algumas de suas várias dúvidas sobre o que estava prestes a acontecer:

— Confesso que ainda não sei como tudo isso é possível. Mutação, transformação, ou seja, lá o que for. Tenho que confessar que desde que cheguei aqui já vivi tanta coisa que não duvido de mais nada. Hoje cedo me transformei em uma bola de fogo saltando direto em direção a um lago... Agora estamos aqui! E você quer que eu me transforme em uma criatura?

Trina ficou surpresa com o fato de Joe já estar utilizando uma técnica tão avançada de dominação da Força do Sol.

— Vejo que você deve ter superado as expectativas de Turak. Isso é muito bom, já é um ótimo começo para nós também. Toda técnica de dominação tem como princípio básico encontrar a força de dominação existente dentro de você, ou seja, se vai dominar a Força do Sol imagine e sinta a chama de fogo presente em você, se for dominar a Força das Águas, sinta em seu corpo as águas de um rio ou do mar, com a Força da Lua não é diferente, visualize um animal, sinta sua força, sua ira, seus instintos mais primitivos. Permita que sua mente projete seu corpo e transforme-se nele.

— Vou lhe demonstrar como fazer. Observe isso

Trina parou por um rápido instante olhando para o céu, fechou os punhos e os olhos, e em um segundo já não era mais uma fada. Havia se transformado em um lindo e grande gavião voando ao redor de Joe, olhando para baixo como quem procura uma presa com garras afiadas. Os olhos de Joe assustados apenas observavam o voo, plainando sob um belo luar e cruzando por entre as árvores até se aproximar dele, pousando uns poucos metros à sua frente, forçando-o a dar dois passos para trás, ainda não acreditando no que estava vendo. Mesmo com a voz trêmula, o príncipe tentava se comunicar com Trina ou com o Gavião à sua frente.

— É você? É você mesmo? Isso é incrível! Posso me aproximar e tocar em você?

Trina ou o Gavião Real, como era conhecido aquele animal, apenas acenou com a cabeça, concordando com o pedido do jovem príncipe. Joe mesmo recebendo o consentimento se aproximou bem lentamente, como se estivesse preparado para correr em direção contrária a um perigo eminente, estendeu a mão em direção ao belo e grande gavião real à sua frente, que gentilmente abaixou sua cabeça permitindo que fosse tocado. Joe perdendo seu receio se aproximou um pouco mais e passou a contemplar cada detalhe do belo animal. Suas garras, as fortes asas, tudo era muito grande e belo. Joe só se lembrava de ter visto um animal assim certa vez em um sonho. Então ousou pedir mais uma coisa:

— Eu posso voar com você? Você consegue me levar?

O grande gavião certamente era capaz de carregar quem quer que fosse sem fazer muito esforço e mais uma vez Trina concordou em satisfazer os pedidos do jovem príncipe. O gavião abaixou seu bico até tocar o solo, permitindo a subida de Joe pelo seu pescoço. Nesse instante, os olhos de Joe brilharam e voltaram a ser como de um menino ao ver seu brinquedo favorito.

— Isso vai ser demais!

Num piscar de olhos, o grande Gavião Real, levantou seu bico em direção ao céu e saltou abrindo suas fortes asas, voando novamente sobre a Floresta dos Cinco Poderes.

O movimento fez com que Joe se agarrasse fortemente nas grandes penas de Trina, mas não demorou muito para que o susto passasse e Joe começasse a curtir a bela imagem das estrelas no céu passando sobre sua cabeça. A visão que se tinha abaixo era o incrível colorido da floresta, as pequenas tochas de fogo marcando cada ponto do vilarejo, cada lar em Arawak e as tradicionais chamas que nunca se apagam de seu castelo. Tudo era pura diversão e Joe estava curtindo cada momento:

— Uhul!! Isso é demais. Muito bom!!!

O voo sobre a floresta estava mesmo incrível, mas não demorou muito para Trina indicar que já era hora de voltar, inclinando-se em direção ao Bosque da Transformação. Em poucos segundos lá estavam eles parados em solo firme. Trina tornou a se concentrar voltando a sua forma natural ainda sob o olhar admirado de Joe.

— Que bom que gostou, príncipe Joe! Mas agora chega de diversão e de voos demonstrativos, é a sua vez de trabalhar a sua concentração e sua técnica de dominação da Força da Lua! E sei que apesar de seus incríveis avanços em outras técnicas de dominações das Forças da Natureza como a do Sol e da Água, o que eu posso lhe garantir é que não será nada fácil chegar aos resultados da mutação, você terá que se concentrar muito ao ponto de se desligar de qualquer coisa que ocupe sua mente, ou seja, no mundo mágico e no mundo real. Essa dominação não exige força ou qualquer outra habilidade, apenas concentração. Agora vamos lá. Sente-se comigo aqui no chão, dobre suas pernas, apoie suas mãos sobre os joelhos e veja os animais à sua volta; sinta essa floresta e deixe sua mente livre, feche os olhos e apenas seja um deles, escolha qualquer um, conecte-se com sua alma e deixe seu corpo se transformar.

Deixar a mente vazia e se concentrar em uma única coisa era muito difícil para Joe, um jovem na sua idade sempre ocupava a mente com muitas perguntas e questionamentos, e se não bastasse tudo isso, seus dias na Floresta dos Cinco Poderes não o ajudavam em nada quanto a isso. Cada dia vivido ali podia lhe render grandes histórias em sua mente. Pacientemente, Trina esperava à sua frente, sem pressa, mas ansiosa, apenas aguardando algum avanço de Joe.

— Não tenha pressa, ainda temos bastante tempo essa noite. Certamente Turak lhe avisou que a noite seria longa. — falou Trina sorrindo e continuou — Turak já tentou a dominação da Força da Lua por várias vezes, mas sem sucesso. Como guerreiros do Sol, vocês estão sempre com a mente muito ocupada e para uma transformação é preciso muita sensibilidade ao invés de força, mas acredito que você tenha essa qualidade de um dominador da Lua e isso não é muito comum já que a Força da Lua é uma força de natureza feminina criada e desenvolvida pelas fadas em Yrawak e praticada por poucos fora do vilarejo.

Os minutos passavam noite adentro e Joe ficava cada vez mais impaciente consigo mesmo por não conseguir nenhum avanço em sua transformação.

— Concentre-se em algo especifico e esqueça todo o resto, livre-se dos pensamentos, apenas concentre-se — Trina insistia pacientemente.

O jovem príncipe já nem pensava mais na mutação, transformação ou na dominação da Força da Lua, apenas queria cumprir o primeiro passo e se concentrar. A noite se estendia por horas intermináveis e Joe não se mexia, sentado no bosque permanecia tentando manter uma concentração visivelmente difícil de encontrar. À sua frente, Trina nada podia fazer, era uma busca individual e ela sabia disso. Algumas das maiores dominadoras da Força da Lua ficavam dias a fio até encontrar seu centro de equilíbrio e sua concentração total. Trina sabia muito bem que ambos somente sairiam dali quando Joe conseguisse encontrar seu centro de equilíbrio, a sua conexão com a natureza.

Os primeiros raios de sol voltavam a cortar o céu cruzando as árvores da floresta, anunciando um novo dia. A brisa da manhã causava uma enorme neblina, deixando o dia com uma densa névoa. A fome e a sede unidas ao cansaço de vários dias de treinamento das mais variadas Forças da Natureza deixaram o príncipe Joe em um estado de sono. Era como se ele não dominasse mais seu próprio corpo, estava fraco e exausto mesmo assim permanecia firme em seu objetivo. Em meio à névoa causada pela neblina, surgia um enorme tigre andando em sua direção com olhos grandes e amarelos e com dentes afiados. Joe abriu os olhos sem saber ao certo se aquilo era fruto de sua imaginação ou se era real, tentou chamar por Trina à sua frente, perguntando se ela também estava vendo aquele enorme animal vindo em sua direção, mas Trina estava concentrada de tal forma que parecia estar em outro mundo. Joe tentou por várias vezes chamar a sua atenção sem sucesso, e para seu total desespero o animal parecia cada vez mais real andando em sua direção lentamente como quem persegue sua presa.

    Joe fechou os olhos e quando tornou a abrir deu de cara com aqueles assustadores olhos amarelos do enorme tigre à sua frente. Aquilo era, de fato, muito real, o bafo quente em seu rosto tirou qualquer dúvida. Joe permanecia paralisado quase que hipnotizado pelo belo e grande animal. Olhos nos olhos e uma total concentração. Joe podia sentir a respiração, a força e até mesmo a pulsação daquela grande fera, ambos estavam em pleno contato e em total sintonia. Um pouco mais à frente de Joe, Trina saiu de seu estado de concentração profunda e mal podia acreditar no que estava preste a acontecer.

    — Será? Será que...

    Antes mesmo que Trina terminasse sua linha de pensamento, Joe em total sintonia com aquele animal se transformou bem à sua frente em um tigre ainda mais forte, belo e assustadoramente grande. Era uma mutação, era uma transformação completa, ele estava conectado com a natureza, com o poder de dominação da Força da Lua. Joe era a partir de agora um dominador da Força da Lua. Trina levantou-se rapidamente e, ainda assustada, começou a falar com Joe transformado em tigre. Era ela agora quem estava confusa com a imagem à sua frente.

    — Joe, príncipe Joe! Consegue me ouvir? Preciso que se concentre em minha voz.

    O enorme tigre à sua frente levantou a cabeça em um sinal positivo à pergunta, dando dois passos à frente em direção a Trina, que ainda assustada, deu dois passos recuando e tentando manter uma posição segura.

    — Você ainda precisa aprender muita coisa antes de se transformar num animal tão forte e perigoso. É preciso muito controle para não se deixar levar pelos instintos dos animais quando nos transformamos neles. Você está conseguindo me ouvir? — insistia Trina, tentando garantir que tudo estava sob controle.

O animal acenou mais uma vez com a cabeça para cima em sinal de positivo.

— Isso é incrível! Você se transformou no maior tigre que já vi em toda minha vida. Consegue manter-se consciente ouvindo tudo o que digo?

Joe repetiu o sinal de positivo e, então, Trina ordenou que executasse alguns movimentos para sentir o quanto conseguiria controlar seus instintos.

— O tigre é o animal mais veloz de toda a floresta, vamos testar seus movimentos. Corra por entre as árvores. Vamos testar suas garras e a força de sua mordida. Ataque! Ataque! Ataque! Um tigre nunca recua e segue sempre em frente.

As respostas aos comandos não podiam ser melhores, Joe mostrou estar com total controle quando transformado ou em mutação. Então, Trina pediu como último exercício que Joe desfizesse sua mutação.

— Feche seus olhos, concentre-se em você. Volte a ser o príncipe, volte a ser o Joe.

Joe fechou os olhos por apenas uma pequena fração de segundos e de repente lá estava ele de volta, agora de pé. Para o espanto de Trina ele estava pronto pra entrar e sair da sua mutação. Era como se ele fosse um filho de Yrawak, nascido sob o poder da Lua.

— Isso foi incrível, jovem príncipe, você demonstrou um domínio admirável sob sua mutação. Teremos que ver até onde essa dominação lhe permitirá chegar. Em quantos e em quais seres ou animais você será capaz de se transformar. Mas por hoje chega, isso é muito mais do que eu esperava para seu primeiro dia! Ah, precisamos dar um nome para esse tigre enorme, você precisa pensar nisso.

Trina partiu em seguida, deixando Joe no caminho de volta ao vilarejo. Afinal, uma caminhada sozinho era realmente tudo o que o jovem príncipe precisava para colocar em ordem as ideias e tudo o que havia acontecido nos últimos dias.

Seus treinamentos estavam evoluindo rápido demais e em pouco tempo o jovem príncipe já havia aprendido a dominar as Forças do Sol, das Águas e da Lua. Estava também cada dia mais preparado nas habilidades de luta e conhecimentos das antigas lendas e tradições da floresta. Sua batalha contra o imperador do mal, já tinha até local marcado, considerando que Zoukar preparava boa parte de seu exército para invadir o vilarejo de Yguaçu. A data para esse encontro estava cada vez mais próxima. Antes disso, Joe ainda precisava aprender a dominar a Força dos Raios e encontrar algumas respostas para suas perguntas: *Por que sou o escolhido? Que sensação é essa que torna esse lugar tão familiar para mim? Como vou aprender a dominar a Força dos Espíritos se não tem nem um dominador dos Espíritos aqui no vilarejo de Arawak?*

Eram muitas perguntas ainda sem respostas, mas o fato era que a cada dia Joe estava mais à vontade e ligado aos costumes e tradições da Floresta dos Cinco Poderes.

Ainda no caminho de volta, Joe encontrou com o grande mestre Tarú voltando de sua tradicional visita à Gruta do Conhecimento, era seu ritual de todas as manhãs e Tarú mesmo de longe pôde observar os vários questionamentos que ainda existiam na cabeça de Joe, que estava visivelmente preocupado. Ao se aproximar do jovem príncipe, adiantou-se em falar.

— Não se preocupe tanto assim, meu jovem príncipe. Você vai encontrar respostas para todas essas perguntas, apenas tenha foco na sua missão. Uma coisa de cada vez e você verá que tudo fará sentido logo, logo.

Joe já não se espantava mais com a incrível capacidade que o grande mestre Tarú tinha de adivinhar seus pensamentos e abriu um pequeno sorriso antes de responder ao grande mestre.

— Eu também acredito nisso! Deve haver um sentido para tudo isso, eu só não sei qual e nem se vou encontrar as respostas.

Tarú apoiou sua mão direita sobre os ombros de Joe com o carinho e consolo de quem sabia muito bem o que estava por vir.

— Eu lhe mostrarei os caminhos, mas cada passo dessa sua caminhada só pertence a você, meu jovem príncipe — falou Tarú, tentando acalmá-lo. — Agora, vamos! Chega dessa conversa, já estamos no vilarejo e você precisa descansar depois dessa longa noite e antes de mais uma jornada de treinamento, pois logo você aprenderá a criar e dominar a Força dos Raios.

Em todo o vilarejo de Arawak havia muitos ursos, assim como em toda a floresta. Eles costumam migrar bastante entre um vilarejo e outro sempre andando em pequenos bandos liderados por um mestre. Sabiam muito bem que eram mais fortes juntos e que sozinhos ainda eram assustadores, mas pouco desafiadores limitavam-se ao dom da cura e na incrível capacidade de fazer amizades. Em Arawak, o maior dominador de Raios era o jovem mestre chamado Seiti, um jovem urso com um incrível poder de dominação. Ele seria o responsável a ensinar as técnicas de dominação para o príncipe Joe.

Após um merecido descanso e uma boa refeição, Joe estava pronto para mais uma etapa em sua preparação, e o jovem mestre Seiti já o aguardava no salão do castelo real.

Fazia uma tarde ensolarada e de céu azul, aparentemente um dia pouco favorável às chuvas e tempestades, por isso mesmo, uma boa oportunidade para testar as habilidades e dominação da Força dos Raios, pois nem sempre o clima é favorável em um combate.

Ambos caminharam em direção a um lugar bem conhecido de Joe nos últimos dias: o campo de treinamento. Ainda a caminho do local, Seiti deu início às suas primeiras instruções:

— Seja bem-vindo aos ensinamentos de dominação da Força dos Raios! Você já teve algumas orientações com o grande mestre e líder de nosso bando aqui em Arawak, o mestre Minoru. Em nosso vilarejo de Haumaná que fica no noroeste da floresta mágica, descobrimos que a força de um urso está no coletivo, está em seu bando, em sua família e no poder que vem da união! A dominação da Força dos Raios é sempre feita entre dois ou mais dominadores, quanto maior é o bando, maior será seu poder. Juntos eu e você vamos trabalhar essa entrega para dominarmos essa força.

Joe já havia escutado essas palavras recentemente em seus treinamentos quando esteve com o mestre ancião Minoru. Na ocasião, Joe pôde ver nos olhos do velho urso o quanto os ursos brancos estão ligados a seus bandos, origens e tradições. Sempre que um urso fala de seu vilarejo existe um ar de saudade, difícil de disfarçar, em seus olhos, e quando falam de seu líder o respeito sempre fica muito aparente em sua postura. Joe admirava essa relação de família existente nos ursos, isso lhe causava uma certa lembrança e saudade de seus pais e principalmente de seu avô. A técnica de dominação da Força dos Raios certamente seria um exercício de coletividade e amor ao próximo.

— Olhe para o céu azul sob nossas cabeças e não se preocupe, ao contrário do que pensam, quanto mais limpo estiver o céu melhor para testarmos o seu poder de dominação da Força dos Raios. Tudo o que faremos é convocá-la através de uma conexão mental, juntando os elementos que estão espalhados pelo ar. Quanto mais elementos, maior será a Força dos Raios e da chuva e quanto mais rápido chocarmos uns aos outros, maior será sua intensidade e força. Vamos gerar forças opostas, positivo e negativo, elas atrairão umas as outras se chocando no céu. Por isso precisamos de dois ou mais dominadores da Força dos Raios para invocar nosso poder, cada dominador só pode gerar uma força seja ela negativa ou positiva e essas cargas de forças estão nas partículas existentes nas nuvens que vamos gerar! Esse será nosso maior desafio no início de seu treinamento.

Joe continuava atento aos ensinamentos do jovem mestre Seiti que mais parecia uma lição de física do que um exercício de dominação de uma Força da Natureza. Ele sabia o suficiente sobre as reações e origens de um raio ou trovão, mas o que Joe não sabia era como criar um.

— Toda essa coisa de positivo e negativo, eu entendi, o que eu não sei é como posso criar algo assim?

O jovem mestre, Seiti, já estava à espera dessa pergunta e tinha a resposta na ponta da língua.

— É aí que entra a magia, está aí nosso poder. Um dominador da Força dos Raios é capaz de elevar ao céu as partículas de águas de rios, mares e até mesmo das árvores, tudo o que acumule água pode ser sua fonte, como seu próprio corpo, mas essa técnica precisa de muito mais tempo. Vamos praticar um pouco, feche os olhos e sinta as partículas de água na floresta! Isso não deve ser difícil para quem já é um dominador da Força das Águas. Sinta essas partículas como parte do seu corpo.

Seiti estava certo, Joe já havia aprendido as técnicas de dominação da Força das Águas com Kirah e isso de fato não seria nada difícil para ele.

— Isso mesmo! Agora vamos fazer um movimento como se fosse pegar algo no chão e venha levantando com a palma da mão aberta para cima, elevando o máximo de partículas que conseguir. Jogue para o alto! Agora, veja o que você foi capaz de fazer, gerou uma enorme nuvem de cargas positivas.

Joe abriu rapidamente os olhos para ver um céu completamente escuro sob sua cabeça e tornou a fechar os olhos para não perder sua concentração:

— Não perca o controle, essa é sua nuvem, sinta sua energia e sua força. Vou criar uma nuvem de carga negativa e vamos ver o que juntos podemos fazer.

Seiti gerou outra nuvem ainda maior do que a do jovem príncipe Joe, mas dessa vez uma de carga negativa deixando o céu do vilarejo de Arawak inteiramente escuro com assustadores sons de trovões. Ao centro de toda aquela escuridão estavam Joe e Seiti com os braços levantados e abertos, cada um coordenando sua nuvem de raios e trovões.

— Somos a tempestade, somos essa Força da Natureza, sinta a chuva caindo e toda a sua energia. Sinta essa força em seu corpo e concentre-a em suas mãos. Você pode levá-la para onde desejar. Juntos somos capazes de gerar grandes raios chocando as nuvens.

Joe fez exatamente como ordenou o jovem mestre Seiti. Os movimentos de braços e pernas que ambos faziam movendo as nuvens lembravam uma antiga luta marcial. Até que o choque entre as nuvens liberou uma descarga de raios tão intensa que rasgou o céu com um enorme clarão, atingindo diretamente alguns pontos marcados no chão do campo de treinamento. A essa altura, o azul do céu e o sol haviam sumido por completo. Tudo estava cinza ao som de trovões e uma intensa tempestade de raios cortando o céu por todos lados. A forte chuva que caía nesse instante prejudicava até mesmo a visão, deixando ainda mais difícil visualizar os alvos espalhados pelo campo de treinamento.

— Vamos, Joe, você agora é um dominador da Força dos Raios, a tempestade é sua aliada, tudo o que você precisa fazer é segurar seus raios e atirá-los nos alvos, faça da dificuldade de visibilidade causada pela chuva, seu escudo, esconda-se e atinja seus alvos. Vamos ver quem de nós vai atingir o maior número de alvos hoje aqui nesse campo.

Após essas palavras, o jovem mestre Seiti sumiu por entre a névoa e árvores procurando seus alvos para destruí-los. Joe fez a mesma coisa e ambos estavam à procura dos alvos espalhados pelo campo em uma pequena competição de raios. Eles geravam energia nas nuvens e chocavam umas às outras para gerar ainda mais energia, depois atiravam raios gerando um verdadeiro clarão em meio à forte tempestade.

Seiti tratou de mostrar por que era considerado um dos melhores dominadores de Raios de seu bando, dividindo um raio e atingindo dois alvos de uma só vez, saindo à frente na disputa.

Joe observou o movimento feito por seu adversário e o questionou:

— Mas isso não é trapaça? Você atingiu dois alvos com apenas um raio!

O jovem mestre apenas sorriu, discordando da opinião de Joe.

— Ha ha ha. Isso é uma batalha! Uma batalha de alvos, mas é uma batalha. E para vencer cada um usa as armas e técnicas que possui. Apenas procure atingir seus alvos, príncipe Joe!

De repente uma chuva de raios começou a cruzar o céu de Arawak, eram Joe e Seiti derrubando seus inúmeros alvos, um a um. Eles apareciam e sumiam com a mesma velocidade, quase tão rápido quanto os raios que atiravam em seus alvos. Após alguns minutos nessa disputa e com todos os alvos atingidos era hora de voltar ao centro do campo de treinamento e de se desfazer das nuvens, devolvendo o azul e o Sol ao céu de Arawak.

— Concentre-se, príncipe, vamos finalizar nosso treinamento de hoje e desfazer as nuvens de tempestades. Espalme suas mãos abertas no alto, respire devagar para desfazer as energias e vá descendo lentamente seus braços... Agora olhe para cima e veja as nuvens se dissipando no céu. Veja os raios de sol novamente e o azul retomando o seu lugar de destaque.

— Parabéns, você se saiu muito bem em seu treinamento de dominação da Força dos Raios! Apesar de ter perdido nossa batalha de 17x03 — ele sorriu. — Quem sabe na próxima você consegue se sair melhor. Vamos, não fique aí parado olhando para cima.

Joe havia ficado parado contemplando as nuvens se dissipando no céu e o quanto o sol estava brilhante e intenso após a batalha. Nem parecia que há poucos minutos atrás tudo estava escuro e com uma forte tempestade de intensos raios por todos os lados. Mas o principal motivo que fez com que o jovem príncipe Joe parasse para contemplar tão rara beleza era o fato que só agora ele havia se dado conta de que se tornara nessa tarde um dominador de quatro das cinco Forças da Natureza. Após os treinamentos dessa tarde, Joe já era um dominador das Forças das Águas, do Sol, da Lua e dos Raios.

No caminho de volta ao vilarejo, Joe estava mais pensativo do que de costume, pensando como tudo estava acontecendo rápido demais e observava com outros olhos cada detalhe por onde andava, na beleza da floresta e na harmonia entre os animais, na riqueza de cores das flores, no solo, nas árvores e nas folhas caídas ao chão, ele já não era mais um forasteiro por ali, muito menos um jovem perdido! Joe se tornara um príncipe, um guerreiro com uma admirável capacidade de dominação das Forças da Natureza e quanto mais se sentia em casa, mais intrigado ficava quanto a sua ligação com a floresta e seus habitantes. De fato, Joe encontrava-se em perfeita harmonia com o mundo mágico, era como se ele tivesse nascido para esse lugar!

Alguns dias se passaram com muitos exercícios, treinamentos de lutas, saltos e técnicas de dominação das Forças da Natureza. Com o passar dos dias, a data de partida para o encontro com o exército de Zoukar no vilarejo de Yguaçu estava ficando cada vez mais próxima. Joe ainda não havia aprendido a técnica de dominação da Força dos Espíritos e isso parecia estar cada vez mais distante de acontecer, apenas o grande mestre Tarú e o velho ancião Minoru podiam dar uma orientação para que Joe encontrasse seu próprio caminho para a dominação da dessa força. E os encontros com ambos se intensificavam a cada dia.

Em mais um desses encontros, o ancião Minoru contou ao jovem príncipe sobre a lenda dos guerreiros da Terra:

— Vez ou outra um ser vindo do mundo da Terra aparece em nosso mundo, enviado pelos deuses para cumprir uma grande missão, assim como está acontecendo com você. Quando isso acontece, o humano toma a forma dos habitantes do vilarejo onde aparece pela primeira vez. Por isso você tem essa aparência mais próxima com o povo de Arawak. Eu ainda me lembro bem do primeiro jovem guerreiro que recebemos em nosso mundo aqui na floresta! Um jovem muito forte, dominador de três das cinco Forças da Natureza (Sol, Água e Lua) travou grandes batalhas com Zoukar quando ele ainda estava formando seus exércitos e seus primeiros prisioneiros. Esse jovem guerreiro libertou e salvou o vilarejo de Yrawak das garras de Zoukar em uma batalha que durou vários dias e noites a fio. Após a derrota, Zoukar recuou, deixando o vilarejo de Yrawak para se fortalecer e aumentar seus exércitos, criando o Vale das Sombras.

— Como recompensa à sua bravura e seus grandes atos heroicos, os deuses permitiram que ele retornasse ao mundo real com sua amada, a guerreira Lumi, uma fada dominadora da Força da Lua. Nunca um ser mágico havia cruzado essa fronteira, mas havia algumas condições: eles jamais poderiam retornar à Floresta dos Cinco Poderes e um dia, um fruto de sua linhagem, voltaria ao mundo mágico através de um portal para servir às vontades dos deuses em uma grande missão.

Era uma história de amor e grandes batalhas. Joe ouvia tudo atentamente com olhar de admiração, parecia querer se inspirar no jovem guerreiro da lenda contada por Minoru. Era também a primeira vez que o jovem príncipe ouvia falar da existência de outro humano que não fosse ele na Floresta dos Cinco Poderes, então resolveu fazer novas perguntas.

— Então sempre teve outros guerreiros como eu? Por quanto tempo eles ficaram aqui? Eu também vou voltar ao mundo real?

As perguntas de Joe faziam todo o sentido, mas o sábio ancião não podia responder a todas. Era sabido que muitos guerreiros não sobreviveram a algumas batalhas, outros ficaram presos ao mundo mágico por diversos motivos e apenas um recebeu as graças dos deuses para retornar ao seu mundo devido aos grandes feitos. O livre acesso entre os dois mundos era um privilégio destinado somente aos deuses!

O velho Minoru respondeu como um sábio deixando uma interrogação no ar.

— Todo grande guerreiro sempre encontra seu lugar no mundo e o caminho de volta ao seu lar! É assim tanto no mundo mágico quanto no mundo real.

As palavras do sábio Minoru batiam como badaladas de um sino dentro da cabeça do jovem príncipe. E cada dia que se passava uma dúvida aumentava em seus pensamentos: *Onde será meu verdadeiro lar?*

Joe nunca havia se sentido parte do mundo real, algo parecia estar fora de ordem e ele fora de lugar, mas ali no mundo mágico ele era quem sempre sonhou ser, como nas histórias que ouvia de seu avô.

No vilarejo de Arawak todos os grandes guerreiros já se preparavam para partir em direção ao vilarejo de Yguaçu, seria uma longa caminhada até o vilarejo das sereias dominadoras das Águas. Joe teria uma última noite com o mestre Tarú na Gruta do Conhecimento antes de sua partida. Tarú sabia dos medos que Joe sentia e do quanto se cobrava por ainda não ter aprendido a dominar a Força dos Espíritos.

— Você já está pronto para liderar nosso povo nessa batalha! Acredite nisso, acredite em você. Essa noite, vou deixar você sozinho aqui na Gruta do Conhecimento. Não será uma noite de ensinamentos, mas sim, de reflexão sobre tudo o que você viveu e aprendeu durante todos esses dias. Procure sentir a natureza e toda a força que você pode encontrar nela.

— Quanto a Força dos Espíritos, não se preocupe você vai encontrar um jeito de se conectar a essa Força da Natureza quando chegar a hora.

Joe entrou na Gruta do Conhecimento sozinho, atento a cada desenho, símbolo e palavra estampados nas paredes. Percebeu que as escrituras sobre o futuro ainda estavam sendo escritas e se modificavam a cada novo acontecimento, procurou ler sobre as histórias dos guerreiros da Terra, contadas por Minoru, mas as escritas estavam em um dialeto que ele ainda não compreendia. Percebeu que havia grandes raízes de árvores por todo o chão causando certo desequilíbrio enquanto caminhava sobre elas. A pouca luz no local não ajudava em nada e havia um estranho ruído em tom grave, parecendo um grunhido como se estivesse pulsando, bombeando algo de fora para dentro da gruta. Logo uma certeza veio em seus pensamentos: *A Grande Alma! A Árvore da Vida... Ela mantém tudo conectado e em harmonia na Floresta dos Cinco Poderes.*

Joe ajoelhou-se diante de uma grande raiz bem à sua frente, que pulsava com mais força para sentir sua energia, colocou as duas mãos sobre a raiz iluminada sentindo sua temperatura, estava quente como um sangue correndo em sua veia. A essa altura, o grande mestre Tarú, já deveria estar de volta ao vilarejo de Arawak, cuidando dos preparativos finais para a partida dos guerreiros pela manhã rumo ao Vilarejo de Yguaçu.

Joe estava completamente sozinho nesse contato com a natureza. Ajoelhado, fechou os olhos para aumentar sua concentração e logo pôde perceber que as pulsações e luzes das raízes estavam em sincronia perfeita com as batidas de seu coração, era como se ambos estivessem de alguma forma conectados um ao outro. A estranha sensação fez com que seu coração batesse ainda mais rápido e assustadoramente as pulsações das raízes acompanharam a sua velocidade. Assustado, Joe tirou as mãos por um rápido momento do contato com a raiz, retornando em seguida após alguns segundos. Ele sabia que de algum jeito precisava fazer esse contato com a natureza, poucos seres eram capazes de sentir essa energia e se conectar tão fortemente com a floresta. E ele era um deles, era o escolhido.

Após colocar suas mãos de volta nas raízes à sua frente, Joe relaxou ouvindo novamente o sincronismo entre seu coração e a pulsação das luzes. Fechou os olhos e uma incrível sensação de paz tomou conta de seu coração, entrando em um estado de sono tranquilo e profundo. Joe se viu correndo em um belo campo de flores de braços abertos, tocando suas pétalas, enquanto avançava sem rumo por entre os campos. Mais ao fundo, ele avistou uma linda princesa de vestido azul, acenando em sua direção. A imagem logo chamou sua atenção e Joe caminhou aproximando-se da pequenina princesa.

— Quem é você? Está perdida nesse campo de flores? Eu posso te ajudar!

A pequena princesa sorriu antes de responder às perguntas do jovem príncipe.

— Você logo saberá quem sou, mas não se preocupe, eu não estou perdida! Na verdade, estou aqui para ajudá-lo a encontrar seu caminho para dominar a Força dos Espíritos.

— O segredo está em você! Descubra o que une você ao mundo mágico e só assim encontrará o caminho para a dominação dos Espíritos.

Após dizer essas palavras, a pequena princesa se transformou em um lindo pássaro azul quase que se confundindo com o azul do céu. E antes de desaparecer de vez, despediu-se dizendo:

— Agora vá, príncipe Joe, você tem uma batalha para vencer e o povo de Yguaçu depende de suas habilidades. Você é o escolhido pelos deuses! Lembre-se disso! Acredite em sua força!

Joe abriu os olhos como se voltasse de um sonho bem ali no meio da Gruta do Conhecimento. Ele estava de joelhos com as mãos sobre as raízes, sem saber ao certo o que acabara de acontecer, em sua mente ficaram algumas palavras: "O segredo para dominar a Força dos Espíritos está em você! Você é o escolhido pelos deuses! Acredite em sua força!".

Já estava ficando tarde e a essa altura Joe não tinha mais tempo para entender se o que acontecera era de fato um sonho ou uma realidade inexplicável. Quanto à pergunta sobre quem era aquela pequena princesa, isso também teria que ficar para depois. Agora era hora de retornar ao castelo e descansar, pois ao amanhecer chegaria a tão esperada hora de partir, liderando os guerreiros de Arawak juntamente com outros dominadores das Forças da Natureza, vindos de outros vilarejos, que dedicavam suas vidas em batalhas e viviam junto ao povo do vilarejo do Sol.

CAPÍTULO 3

A Hora da Batalha

Ao amanhecer de um novo dia tudo estava pronto para a partida, o clima em todo o vilarejo de Arawak era de festa e o povo do Sol, como era conhecido, vivia se preparando para grandes batalhas, eram os maiores defensores da Floresta dos Cinco Poderes. Uma grande e farta mesa de café da manhã foi montada bem no meio da praça central com frutas variadas, pães, sucos e muitas outras iguarias da floresta. Ao redor, músicos tocavam o som preferido dos guerreiros. Em um campo aberto à direita da praça central, as pequenas crianças brincavam de Guerra dos Deuses, uma simulação de antigas batalhas.

Na frente dos portões principais do castelo real estava à espera do jovem príncipe, a famosa Cavalaria de Guerra, um grupamento formado pelos maiores dominadores das Forças da Natureza liderados pela princesa Kirah e vários outros grandes mestres em dominação como Turak, Trina, Seiti, Minoru e muitos outros. O cavalo branco, Mégalos, era o cavalo da realeza, considerado o mais rápido e forte de todo o vilarejo, era também um ser mágico capaz de se transformar em um forte gavião e, nessa manhã, foi especialmente preparado para o príncipe e guerreiro Joe com a tradicional manta da cavalaria em tom vermelho e com bordados em dourados formando o símbolo do Deus Sol. Dentro do castelo o grande mestre Tarú finalizava a preparação do jovem príncipe para sua partida. Após lhe ajudar com a armadura de combate, Tarú colocou novamente em suas mãos a famosa Espada Lúmen herdada dos deuses no dia de sua consagração. Estava tudo pronto e Joe saiu ao encontro de seus guerreiros, desceu as escadas e montou no belo e imponente cavalo branco. Os guerreiros saíram sob aplausos cavalgando em direção à praça central de Arawak onde encontrariam com os outros guerreiros, lutadores, arqueiros e espadachins comandados pelo grande mestre Yan.

Joe cavalgava à frente do grupamento tendo Kirah e Turak ao seu lado; atrás, dois estandartes traziam as bandeiras de Arawak e do Deus Sol. À frente, um belo corredor foi formado pelos habitantes de Arawak saudando, abrindo caminho da praça ao portão principal para o jovem príncipe e sua cavalaria. Assim que Joe e os cavaleiros chegaram à praça, uma grande salva de palmas o acompanhou enquanto faziam uma volta completa cumprimentando cada guerreiro e se posicionando bem ao centro para dar suas primeiras palavras ao exército de Arawak.

— Hoje partiremos em uma grande jornada, alguns de vocês se prepararam durante toda a vida para esse momento, outros, como eu, foram de alguma forma escolhidos para estarem aqui nesse dia, mas todos daremos o nosso melhor para sairmos vitoriosos dessa batalha.

— Pelo povo das Águas! Pelo Vilarejo de Yguaçu! E pela Floresta dos Cinco Poderes!

As palavras de Joe causaram uma verdadeira euforia em todos no vilarejo, arrancando dos guerreiros gritos de força.

— ANAUÊ! ANAUÊ! ANAUÊ! ANAUÊ!

Joe estava particularmente confiante essa manhã. Certamente a sua última visita à Gruta do Conhecimento, o contato com a natureza e o encontro com a inexplicável e pequenina princesa que se transformava em pássaro deram-lhe uma grande força para encarar as dificuldades que estavam por vir.

Após suas breves e empolgantes palavras, Joe partiu com seus guerreiros floresta adentro em direção ao vilarejo de Yguaçu. Ao cruzar o portão principal, o jovem príncipe levantou a cabeça olhando em direção ao céu que estava especialmente claro aquela manhã e com um sol tão quente e intenso como uma bola de fogo, mas foi o voo de um lindo pássaro azul que chamou sua atenção. Era o mesmo pássaro que Joe vira há poucas horas uma pequena princesa se transformar, aquele era certamente mais um sinal dos deuses de que eles não marchavam sozinhos nessa jornada.

Em Yguaçu, as valentes guerreiras das Águas já lutavam bravamente contra os exércitos de Zoukar que tentavam entrar pelo lado norte do vilarejo. Os GUERREIROS DAS SOMBRAS, como eram conhecidos todos aqueles que decidiam abandonar seus povos e lutar ao lado de Zoukar, haviam chegado aos portões de Yguaçu bem antes do previsto e já iniciavam uma batalha na tentativa de romper os portões do vilarejo. Zoukar tinha sob seu comando grandes dominadores de quatro das cinco Forças da Natureza e sabia usar muito bem isso a seu favor com suas estratégias de batalhas. Sabiamente colocou os dominadores da Força do Sol bem à frente no seu primeiro ataque. Zoukar sabia que as sereias defendiam aquele portão contando com um pequeno lago de água cristalina que ficava do lado de dentro dos muros do vilarejo, mas sua capacidade de água era bem reduzida. Então ordenou o ataque.

— Dominadores da Força do Sol, mestres do fogo, ataquem com seu poder, vamos invadir o vilarejo de Yguaçu!

Após as ordens de Zoukar, uma verdadeira chuva de bolas de fogo caia sobre os muros do lado norte de Yguaçu, era como se o próprio Sol estivesse caindo em pedaços.

Numa tentativa incansável de combater as chamas que se espalhavam por todos os lados, as primeiras dominadoras das Águas de Yguaçu usavam toda água disponível para apagá-las, protegendo assim, os muros e o portão norte. Nesse mesmo instante a sereia Saori, rainha do povo de Yguaçu, montava uma linha de ataque juntando um pequeno, mas poderoso grupo de sereias mestres em dominação da Força das Águas ao redor do pequeno lago, movimentando as águas com extrema habilidade até formar um extenso paredão, apagando as chamas antes mesmo que chegassem aos seus objetivos e protegendo os muros de Yguaçu. Em seguida, a rainha Saori ordenou a um grupo ainda maior para se juntarem em um contra-ataque.

— Vamos nos unir em um ataque, fazendo uma grande onda, varrendo para longe dos nossos muros essa força do mal!

O grupo de sereias se uniu, fazendo movimentos que misturavam dança e luta. De repente, uma grande onda começou a se formar ainda maior que o paredão de água já existente. Antes mesmo que Zoukar desse conta do que estava acontecendo em um movimento sincronizado, as dominadoras empurraram as águas por sobre os muros em direção ao exército das sombras, arrastando tudo e todos que encontravam pela frente.

Zoukar se transformou em um assustador pássaro negro sobrevoando a grande onda que arrastava seu exército para longe dos muros de Yguaçu.

O inesperado contra-ataque da rainha Saori pegou todos de surpresa, mas ela sabia muito bem que isso não deteria Zoukar e seu exército das sombras por muito tempo.

— Vamos! Precisamos nos preparar, esse ataque nos deu um pequeno tempo, quem sabe um dia! Mas Zoukar agora também sabe que nosso lago está quase vazio e não dispomos de água suficiente para defender nosso portão por muito tempo. Precisamos preparar uma nova linha de defesa mais próxima dos rios e proteger nosso povo. Akemi, fique com suas guerreiras dominadoras e tentem segurar o exército das sombras o máximo de tempo que puderem. O restante, siga-me, vamos subir a montanha e montar uma nova linha de defesa!

— Lembre-se, Akemi! Recue antes que os guerreiros das sombras derrubem os portões — alertou a rainha Saori, antes de partir.

A rainha Saori juntou o restante do grupo de sereias e partiram na direção sul, até o outro lado da montanha, para montar uma nova linha de defesa, a última antes do encontro dos rios Negro e Dourado, que cortavam todo o Vilarejo de Yguaçu e desaguavam no mar.

Sob os últimos raios de sol daquela tarde, Saori e suas guerreiras chegaram a um riacho chamado de Águas dos Sete Mares, era a última linha de defesa antes do vilarejo, um riacho onde as sereias costumavam brincar quando crianças, era também o limite do vilarejo contra invasores indesejáveis.

Distantes, uma noite inteira, Joe e seus guerreiros caminhavam de forma incansável em direção ao Vilarejo de Yguaçu. A noite já se anunciava com o fim dos últimos raios de sol e até que chegassem ao seu objetivo, tudo o que podiam fazer eram vinte minutos de descanso para beber água a cada oito horas de caminhada. Os guerreiros sabiam bem que quando chegassem ao Vilarejo de Yguaçu precisariam estar preparados para o combate.

Enquanto isso, no portão norte de Yguaçu, com a chegada da noite, Akemi e seu pequeno grupamento de sereias guerreiras se mantinham atentas a qualquer movimento vindo em meio à escuridão da floresta.

Após mais oito horas de caminhada, Joe ordenou mais uma parada de descanso para seu exército, próximo a um pequeno lago no alto de uma montanha a poucas horas de distância da entrada sul do vilarejo. Se não fosse pela escuridão da noite, certamente seria possível avistar todo o vilarejo de Yguaçu daquele ponto.

Joe desceu de seu cavalo e bebeu um pouco de água sentando ao lado de Kirah, Turak e seus guerreiros. O grande sábio e mestre Minoru chamou sua atenção para o quanto já estavam perto.

— Não se preocupe, jovem príncipe, logo chegaremos a Yguaçu, já estamos muito perto. Essa é a montanha dos ventos, o último monte antes do vilarejo. Se não fosse essa escuridão poderíamos avistar os rios Negro e Dourado correndo juntos em direção ao mar sem se misturarem.

Joe estava sentado sobre a grama que cobria a Montanha dos Ventos e ouvia atentamente as palavras do mestre Minoru, ele já havia passado por esses campos muitas vezes em suas andanças pela Floresta dos Cinco Poderes e conhecia muito bem as belezas desse lugar.

Joe fechou os olhos por um breve momento, deixando-se levar pelo cansaço e caindo em um leve sono. Em sua mente, as imagens descritas por Minoru tomaram formas, e Joe estava ali, no alto da montanha vendo os dois rios correndo lado a lado em direção ao mar, o vento deslizando sobre a grama verde gerava um movimento leve e harmonioso, um vasto campo verde cortado por dois grandes rios. De repente, um belo pássaro azul tornou a chamar sua atenção, sobrevoando em direção oposta aos rios e forçando Joe a olhar mais ao norte do vilarejo. O jovem príncipe, ainda que sonhando, reconheceu aquele belo pássaro azul, era o mesmo que o acompanhava desde a sua partida de Arawak. Ao reconhecer o pássaro, Joe abriu os olhos ainda assustado, olhando para o alto em direção ao céu. Mesmo na escuridão da noite o azul do belo pássaro se destacava em meio às estrelas, e um canto que mais parecia um chamado, soava vindo do lado norte do vilarejo. Foi quando Joe abriu os olhos e olhou mais atentamente!

Bem ao fundo da floresta, no extremo norte do vilarejo de Yguaçu, pequenas chamas de fogo cortavam a escuridão da floresta. Joe levantou-se rapidamente chamando a atenção de todos para o que ele estava vendo:

— Vejam! Acredito que o exército de Zoukar está atacando ao norte do vilarejo!

Kirah olhou através de uma luneta feita com bambu e, mesmo com a visão um pouco turva devido à neblina existente sobre a montanha, pôde confirmar o alerta de Joe.

— É isso mesmo, eles já chegaram aos portões do lado norte de Yguaçu e estão em grande número.

Joe montou em seu cavalo branco e ordenou a todos:

— Vamos! Não temos mais tempo a perder, precisamos chegar o quanto antes ao vilarejo! Zoukar e seu exército das sombras não podem dominar Yguaçu.

Minoru já havia enfrentado Zoukar em algumas batalhas e sabia muito bem que se o exército das sombras dominasse os rios Negro e Dourado não teriam muito o que fazer, seria o fim do vilarejo de Yguaçu e das sereias dominadoras da Força das Águas.

— Precisamos chegar logo nos dois grandes rios. É lá que moram os Espíritos das Águas, é onde se concentra a força das sereias! Zoukar não pode dominar essas águas.

Após as palavras de Minoru, o jovem príncipe e seu exército de guerreiros começaram a descer a Montanha dos Ventos.

Do outro lado, no extremo norte do vilarejo, as fortes e valentes sereias dominadoras das águas lutavam bravamente, tentando conter ao máximo o avanço das tropas de Zoukar. Já passava da meia-noite e infelizmente o ataque em forma de onda, conduzido pela rainha Saori, não afastou o exército das sombras o quanto se esperava e eles voltaram a atacar os portões de Yguaçu bem antes do previsto.

Devidamente posicionados em frente ao muro, eles voltaram a atacar, só que desta vez com toda sua força. Zoukar não queria correr o risco de sofrer outro contra-ataque inesperado, então marchou com força total em direção ao vilarejo. Os dominadores das sombras voltaram a lançar bolas de fogo sobre os muros, enquanto os outros guerreiros se transformavam em grandes feras de quatro patas e enormes chifres, batendo com toda força nos portões, tentando derrubá-los, causando um som de estremecer. No mesmo instante, guerreiros escalavam os muros, já percebendo que havia pouca resistência por parte das sereias, e, sob o comando de Zoukar, invadiam aos poucos os muros do vilarejo.

— Vamos, derrubem esse portão! Essas sereias não podem se defender por muito mais tempo.

A rainha de Yguaçu ainda se preparava para montar uma nova linha de defesa no Riacho das Águas dos Sete Mares enquanto Akemi e seu pequeno grupamento de guerreiras esperavam para dar um último contra-ataque, numa tentativa quase que desesperada de conter por mais um tempo o exército das sombras.

As treze sereias permaneciam calmas, próximas ao pequeno lago de águas cristalinas, concentrando suas energias e esperando o momento certo para contra-atacar. Eram onze dominadoras da Força das Águas e duas dominadoras de três das cinco Forças da Natureza. As sereias Akemi e Maya eram dominadoras da Força da Água, Lua e Raios.

Foi quando os portões começaram a cair e os primeiros guerreiros das sombras saltaram sobre os muros que Akemi colocou seu plano em ação.

— Maya e eu usaremos a Força dos Raios para criar uma tempestade de chuvas e raios, enquanto vocês usarão a Força das Águas para unir as gotas da chuva, formando um novo paredão, como um rio vertical, com raios e trovões. Isso vai detê-los por mais um tempo enquanto partimos em retirada em direção ao encontro de nossa rainha!

Em questão de segundos, uma forte tempestade começou a cair, com raios que cruzavam em todas as direções, e junto com os raios uma forte rajada de ventos que sacudiam e derrubavam tudo o que estavam na frente. Os guerreiros de Zoukar caíam dos muros como frutas maduras e eram arrastados para fora dos muros, enquanto as feras de quatro patas balançavam as suas enormes cabeças com chifres, desorientadas com a força da chuva e dos raios que caíam próximos aos seus pés.

Como era de costume nas técnicas de dominação da Força das Águas, as sereias começaram o seu balé para transformar a água da chuva em um enorme paredão. Akemi voltou a dar ordens ao pequeno grupo de guerreiras:

— Vamos partir em retirada! Isso não irá detê-los por muito tempo. Vamos nos unir novamente à rainha Saori. Eles são muitos, não vamos conseguir segurá-los por muito mais tempo. Vamos agora! Vamos!

Zoukar chamou seus dominadores para a linha de frente assim que viu seus guerreiros sendo arrastados pela forte tempestade. Tudo era uma questão de estratégia e ele havia mudado a sua depois que foi surpreendido, horas antes, com a força do primeiro contra-ataque das sereias.

— Dominadores das Forças dos Raios e das Águas, vamos atacar! Acabem com essa tempestade e destruam esse paredão de uma vez por todas. Essas sereias já esgotaram sua fonte de energia e junto com ela, a minha paciência. Estão usando as águas da chuva para se protegerem! Vamos avançar e dominar esse vilarejo!

Zoukar estava certo. A tentativa de impedir o avanço das tropas dos exércitos das sombras expôs a escassez de água no lago, e também que deveria haver apenas um pequeno grupo de sereias defendendo os portões do lado norte.

Os dominadores das sombras acabaram com as tempestades em questão de minutos e com ela o enorme paredão de água se desfez como uma fina garoa sobre os guerreiros de Zoukar, demonstrando que não havia mais a menor resistência para impedir o avanço do exército das sombras.

— Vamos marchar rumo à nossa conquista, vamos destruir o vilarejo de Yguaçu. Até onde sabemos só resta mais um ponto de resistência antes de chegarmos aos rios Negro e Dourado e dessa vez não daremos tempo para as sereias e a rainha Saori pensarem em nos surpreender. Vamos atacá-las no Riacho das Águas dos Sete Mares, elas não saberão sequer o que as atingiram!!! — Zoukar dava uma assustadora gargalhada enquanto falava.

Akemi e as outras doze guerreiras corriam, tentando manter o máximo de distância à frente do exército das sombras. Ela já havia percebido que pouco tempo depois de sua retirada a tempestade e o paredão de águas criado por elas se desfizeram abrindo caminho para o portão norte que a essa altura não gerava mais nenhuma resistência para invasão. O que separava o portão norte do Riacho das Águas dos Sete Mares era uma pequena montanha de apenas duas horas de caminhada.

As guerreiras subiam a pequena montanha como nunca antes haviam subido a uma velocidade surpreendente, todas conheciam bem aquelas montanhas e principalmente o belo riacho onde se encontravam a rainha Saori e as demais guerreiras, mas agora era uma questão de sobrevivência e elas precisavam chegar o quanto antes ao topo da montanha.

Akemi olhou para trás dando uma olhada para ver o quanto haviam se distanciado do exército das sombras e a imagem que viu abaixo não era muito animadora! Todo o lado norte do vilarejo estava tomado pelo exército de Zoukar, era um verdadeiro mar negro formado por guerreiros e criaturas assustadoras. Akemi passou as mãos sobre os olhos não acreditando no que estava vendo.

No pé da montanha, Zoukar pôde ver que longe dali, entre as árvores da pequena montanha à sua frente, um pequeno grupamento de sereias subia a toda velocidade, tentando manter-se o mais distante possível de seu exército.

Em uma demonstração de poder e de dominação das Forças da Natureza, Zoukar olhou profundamente a palma de sua mão direita, produzindo uma onda de calor tão intensa que clareou tudo ao seu redor, deixando ainda mais assustadora a visão de seu exército, criando uma enorme bola de fogo apontando em direção à Akemi e suas guerreiras. Então, disparou a enorme bola de fogo em direção ao grupamento.

A imagem de uma bola de fogo cortando a escuridão da noite e vindo em direção a elas fez com que as guerreiras ficassem em total desespero. As sereias começaram a correr ainda mais rápido, enquanto Zoukar, com sua assustadora gargalhada, observava o trajeto que aquela bola fazia até atingir seu alvo.

As sereias corriam quase que desorientadas pela montanha, à medida que aquele objeto de fogo se aproximava era possível sentir seu calor mesmo de longe. Akemi gritou para as suas companheiras

— Abaixem-se, essa bola de fogo vai nos atingir!

— *Zimmm!!!* — Ouviu-se um zumbido ensurdecedor e logo depois um estrondo ainda maior. — *Browwwww!!!!!*

Lá embaixo, Zoukar se divertia com seus guerrilheiros vendo a corrida desesperada das sereias tentando se proteger de seu ataque. De repente, um grande clarão tomou conta do lugar e em seguida boa parte da vegetação estava em chamas na parte mais alta da montanha.

Os guerreiros do exército das sombras vibravam com a pontaria de seu líder, que atingiu em cheio o seu alvo, ferindo algumas sereias que subiam a montanha rumo ao Riacho das Águas dos Sete Mares.

— Vamos, subam essa montanha e tragam essas sereias como nossas prisioneiras!

A voz imponente era do capitão Saul, um dos mais fortes e destemidos dominadores de Zoukar, dominador de quatro das cinco Forças da Natureza e um guerreiro conhecido como sendo um dos mais perversos dos exércitos das sombras. Seu comando foi imediatamente interrompido pelo grande mestre das sombras, Zoukar.

— Não! Não se atrevam a prendê-las. Se eu as quisesse presas ou até mesmo mortas já teria feito isso, quando tomamos os portões do lado norte! Estava claro que se tratava de um pequeno grupamento de guerreiras! Deixem-nas seguir! O que vamos fazer é observar por onde elas irão e que caminho vão usar para passarem para o outro lado da montanha rumo ao Riacho das Águas dos Sete Mares. Acredito que exista uma passagem mágica que as sereias usam para despistar seus invasores!

— Dominadores da Lua, vão, apenas sobrevoem e descubram onde fica essa passagem!

Em meio às chamas e à vasta destruição causada pelo ataque de Zoukar, Akemi e suas guerreiras levantavam quase que camufladas pela forte nuvem de fumaça que cobria boa parte da montanha.

— Vocês estão bem? Todas estão bem?

A sereia Maya ainda tentava entender todo aquele fogo ao seu redor e, mesmo sentindo muitas dores por todo seu corpo, apoiou-se em uma pedra e olhou para as outras sereias antes de responder.

— Sim, estamos todas bem! Não creio que conseguiremos correr, mas estamos bem!

Akemi tentou dar uma nova injeção de ânimo em suas guerreiras, pois sabia que era importante se juntarem o quanto antes a rainha Saori.

— Vamos! Vamos! Precisamos usar a passagem mágica e tentar chegar o mais rápido possível ao outro lado!

As sereias juntaram forças e seguiram caminhando para o ponto mais alto da montanha, em direção à passagem que levava ao riacho. No mesmo instante três dominadores das sombras faziam suas mutações e se transformavam em pássaros negros, quase que sumindo sob a escuridão da noite, sobrevoando a montanha e observando todos os movimentos que Akemi e suas guerreiras faziam, elas caminhavam sem se darem conta de que estavam sendo seguidas.

No alto da montanha, uma pequena nascente de água brilhava sob a luz do luar, formando uma queda-d'água em direção ao outro lado da montanha e sumindo em seguida por entre as pedras, entrando novamente no interior da montanha.

As sereias caminhavam em direção à nascente observando se estavam sendo seguidas, mas não conseguiram perceber a presença dos três pássaros negros acima de suas cabeças. Ao se aproximarem lentamente, uma a uma colocavam os pés no pequeno lago formado pela nascente, mergulhando e desaparecendo em seguida nas águas.

Do alto, os três pássaros negros observavam as sereias sumindo em meio às águas, e assim que viram a última sereia sumindo no pequeno lago, os pássaros pousaram ao lado, voltando às suas formas naturais. Os guerreiros de Zoukar tinham um certo ar de conquista em seus semblantes, e não demorou muito para que um deles dissesse o que pensava:

— Zoukar estava certo! Há uma passagem secreta que nos levará direto ao Riacho das Águas dos Sete Mares. Fiquem aqui, vou informá-lo sobre essa passagem. Logo estarei de volta com nosso mestre e todo o exército das sombras.

O exército de Zoukar subia a toda velocidade e já passava da metade da montanha. O grande mestre das sombras vinha à frente dos guerreiros, ditando o ritmo e exibindo toda sua força, com os olhos atentos ao céu na certeza de que não demoraria muito tempo para receber a notícia sobre a suspeita de uma passagem mágica no alto da montanha. Poucos minutos depois, o voo solitário de um pássaro negro chamou sua atenção, pousando bem à sua frente.

— Vamos, guerreiro, diga-me o que preciso saber! Você descobriu onde é essa tal passagem mágica que leva as sereias ao outro lado montanha? O pássaro tomou sua forma natural novamente e tratou de responder o mais rápido possível à pergunta de Zoukar:

— Sim, grande mestre! Você estava certo! As sereias correram direto para uma passagem bem no alto da montanha. É uma pequena nascente com uma queda-d'água e desapareceram logo depois nas águas.

Imediatamente, após ouvir as boas notícias de seu guerreiro, Zoukar apressou o passo com o objetivo de adiantar a sua chegada e a de seu exército.

— Vamos! Precisamos chegar o quanto antes a essa passagem mágica! Quero dominar o Riacho das Águas dos Sete Mares ainda essa noite e, quando amanhecer, vamos dominar o encontro dos dois rios, o Negro e o Dourado. Então, dominaremos todo o vilarejo de Yguaçu. Vamos avançar! Vamos atacar!

Zoukar não podia ter notícias melhores nesse momento e junto de seu exército passaram a marchar cada vez mais rápido sobre as montanhas, chegando pouco tempo depois no pequeno lago da nascente sobre a montanha, onde dois de seus guerreiros os aguardavam.

— É aqui, mestre Zoukar! Essa é a passagem por onde as sereias desapareceram. Essa é a passagem mágica!

Nesse momento, Zoukar expressava o ar dos vitoriosos como quem tem a confirmação daquilo que já se sabia. Muito mais do que isso, ele tinha a certeza que através dessa passagem as sereias de Yguaçu não teriam a menor chance de se defenderem e seriam pegas de surpresa!

— Muito bom! Essa noite, vamos dominar o Riacho das Águas Sete Mares e se tivermos um pouco mais de sorte vamos capturar a rainha Saori e prender grande parte das guerreiras dominadoras da Força das Águas de Yguaçu! Será com grande prazer que irei transformá-las em guerreiras do exército das sombras — falou Zoukar, soltando novamente uma gargalhada assustadora de satisfação.

Os guerreiros das sombras escutavam atentos às próximas ordens de seu poderoso mestre.

— Agora, vamos nos dividir dominadores do Sol, quero que usem sua velocidade para descerem a montanha por entre as árvores o mais rápido possível em direção ao riacho e queimem tudo o que encontrarem pela frente. Destruam tudo e deixem um enorme rastro de fogo e destruição pelo caminho. Quero que chamem ao máximo a atenção da rainha

Saori e suas guerreiras! Os demais me seguirão pela passagem mágica, vamos atacá-las de surpresa por duas frentes de combates, pelo alto da montanha com os dominadores do Sol e por trás da linha de defesa, vamos com tudo para destruir quem quer que seja! Agora vamos! Vamos levar sombra e destruição!

Em seguida todos deram um forte grito de guerra:

— Soooombras do maaaal.

Os guerreiros de Zoukar desceram a toda velocidade como ordenado pelo grande mestre das sombras, destruindo tudo o que viam pela frente, deixando um enorme rastro de destruição, fogo e muita fumaça, capaz de ser vista a quilômetros de distância.

As chamas e a fumaça logo chamaram a atenção da rainha Saori e de suas guerreiras que pensaram: *Eles estão descendo pela montanha, como esperado. Vamos atacá-los quando chegarem ao* pé da montanha.

Logo em seguida a chegada de Akemi e seu pequeno grupo de guerreiras trouxe uma sensação de alívio para a rainha Saori.

— Ainda bem que vocês conseguiram sair a tempo! Estávamos preocupadas se haviam conseguido fugir de Zoukar e seu exército.

Akemi, mesmo muito ferida e cansada por fazer a travessia da passagem mágica, respondeu à rainha:

— Seguramos Zoukar o máximo possível, mas não demorou muito para que ele percebesse que estávamos em menor número e com poucos recursos de água a nosso favor! Perdoe-me, rainha.

A rainha Saori não podia e também não esperava muito além do que heroicamente havia sido feito por suas guerreiras.

— Não se preocupe com isso. Sei que fizeram o possível para segurá-lo o máximo de tempo, e sua coragem assim como das demais nos deram tempo suficiente para nos preparar para um novo ataque. Nós vamos resistir! Agora vão, descansem um pouco. Vamos cuidar desses ferimentos.

— Ah! Outra coisa: o segredo da passagem mágica está seguro? Alguém as viu entrando na nascente no topo da montanha?

O instinto de guerreira da rainha Saori estava ligado desde o início dos combates. Zoukar, no entanto, foi mais esperto, não permitindo que Akemi e suas guerreiras percebessem que estavam sendo seguidas.

— Sim, o segredo está seguro. Tomamos todos os cuidados para não sermos vistas entrando na nascente. Infelizmente fomos atingidas por um ataque inesperado de Zoukar. Eu não imaginava que ele pudesse nos atingir a tanta distância. Do ponto onde estávamos já era quase impossível ver os portões do lado norte do vilarejo, até que Zoukar criou aquela enorme bola de fogo iluminando tudo ao seu redor e lançou em nossa direção — disse Akemi ainda assustada, mas com a certeza de que o segredo estava mantido.

A afirmação de Akemi tranquilizou a rainha por um instante, mas também alertou para um fato importante: Zoukar estava ainda mais poderoso, já que a distância descrita por Akemi seria impossível de ser alcançada por um ataque de fogo.

Então, a rainha Saori começou a tomar as suas primeiras decisões para esse novo combate.

— Vamos reforçar nossa linha de defesa contra-atacando no pé da montanha e assegurem-se de que ninguém conseguirá descer! Eles virão com tudo descendo a montanha e temos que resistir.

Saori chamou duas de suas guerreiras e em voz baixa deu-lhes ordens especificas:

— Yara, quero que fique a postos na comporta que da passagem ao caminho das águas correntes até o encontro dos rios Negro e Dourado caso precisemos sair em retirada. Haja o que houver, tire todas daqui, destruindo tudo assim que saírem, isso vai obrigá-los a caminhar por entre as árvores, atrasando Zoukar e seu exército das sombras. E quanto a você Sarah, preciso que fique atenta à passagem mágica que liga o Riacho ao topo da montanha. Qualquer sinal de invasão, soe o alarme, precisamos ficar atentas e não podemos ser surpreendidas. Agora vão, temos que garantir que Zoukar não passará deste ponto e vamos rezar para que o escolhido pelos deuses em Arawak chegue o quanto antes para nos ajudar a derrotar esse mal.

Seguindo as orientações de sua rainha, todas as sereias assumiram seus postos esperando pelo momento do combate, assistindo a extrema velocidade com que desciam os guerreiros das sombras e toda destruição deixada por eles.

No topo da montanha, todos os soldados de Zoukar já haviam mergulhado na nascente e certamente os primeiros soldados já estavam chegando ao outro lado da passagem mágica.

Ao sul de Yguaçu, Joe apressava o passo descendo a montanha assustado com toda aquela fumaça capaz de ser vista mesmo durante à noite.

— De onde vem toda essa fumaça e onde eles estão exatamente?

O mestre Minoru conhecia bem todas aquelas montanhas e sabia exatamente onde estava sendo travado aquele combate.

— Eles estão descendo a montanha ao norte do vilarejo e já invadiram os muros de defesa. Essa batalha certamente será no Riacho das Águas dos Sete Mares. Eles estão avançando mais rápido do que prevíamos e se chegarem antes de nós ao Encontro das Águas dos dois grandes rios dificilmente ganharemos essa luta.

O jovem príncipe estava angustiado com tamanha destruição e, pela primeira vez, perguntava-se se não levou tempo demais para aceitar seu destino.

Kirah olhava assustada, mas como toda guerreira criada em Arawak, ela olhou fundo nos olhos de Joe antes de dizer:

— Vamos! Agora não é hora para questionamento, temos que chegar ao Encontro das Águas antes de Zoukar e seu exército ou não haverá mais o vilarejo de Yguaçu, nem as lendárias sereias dominadoras das Águas.

Joe sentiu as palavras de Kirah baterem forte em seu coração e logo deixou para trás qualquer dúvida ou questionamento. Kirah estava certa, o importante era seguir em frente e chegar o quanto antes ao vilarejo, faltavam apenas algumas poucas horas para isso.

Ao norte, os guerreiros de Zoukar já estavam perto o suficiente para começarem a atacar pelo alto da montanha a defesa das sereias. Essa posição era desfavorável, mas as sereias não tinham outra opção, precisavam manter suas defesas e começavam a sofrer uma nova chuva de bolas de fogo vindas do céu, como meteoros rasgando a escuridão da noite. A rainha Saori ainda estudava uma estratégia para um ataque procurando uma fraqueza em seus inimigos.

— Vamos, precisamos apagar as chamas antes que atinjam o solo e queimem a vegetação.

Do outro lado, por trás das linhas de defesa, nas águas sagradas, uma quantidade incontável de guerreiros das sombras já se preparava para atacar, esperando apenas pelo último ser a sair da passagem mágica, Zoukar emergiu das águas pronto para derrotar as guerreiras de Yguaçu em um ataque surpresa.

A poucos metros da passagem secreta, a sereia Sarah se aproximava, sem saber que toda aquela parte da floresta já estava completamente invadida e tomada pelos guerreiros das sombras. Quando a jovem guerreira se deu conta, dois guerreiros das sombras a prenderam em uma rede, jogando-a ao chão, antes mesmo que ela pudesse disparar um alerta. Era tarde demais e Sarah aterrorizada apenas assistia a assustadora imagem de Zoukar caminhando pelas águas sagradas vindas da nascente.

— Vejam só... Eu sempre quis ter uma sereia na minha rede. — falou Makú, um dos guerreiros das sombras, enquanto todos riam.

— Senhor, o que devemos fazer com ela? — perguntou o outro guerreiro.

— Tragam-na até mim! Vou dar-lhe o sopro das sombras e a tornarei um símbolo da nossa conquista — Zoukar virou-se em direção a sereia Sarah e em tom sombrio anunciou — Você seguirá ao meu lado assistindo toda a destruição de seu povo. Farei de você uma princesa das sombras, um símbolo da nossa força e da supremacia do mal. Todas que desejarem viver deverão servir a mim. Curvando-se ao mal.

Com um sopro frio, Zoukar transformou a jovem sereia Sarah em uma guerreira das sombras, batizando-a de Soraia, a princesa das Águas do Mal.

— Agora chega de diversão. Vamos acabar de uma vez por todas com esse lugar de sonhos e fantasias, vamos transformar tudo em trevas e escuridão!

Sem saber o que estava por vir, a rainha Saori se preparava para apagar a chama de uma pedra vulcânica que servia de fonte de fogo para os guerreiros das sombras dominadores do Sol. Foi então, que percebeu uma grande movimentação vinda da passagem mágica; vários dominadores dos exércitos das sombras atacavam com toda força e crueldade por trás de sua linha de defesa, destruindo tudo e todos que vinham pela frente. Eles eram em maior número e estavam em vantagem estratégica. Era tarde demais para qualquer ação e a única coisa a se fazer nesse momento era tentar recuar e fugir para o último refúgio de Yguaçu, o ENCONTRO DAS ÁGUAS dos rios NEGRO E DOURADO.

A rainha Saori usou todo seu poder de dominação e criou uma enorme bolha de proteção ordenando a todas as sereias que partissem em direção as comportas de fuga abrindo um caminho de águas até o Encontro dos dois grandes rios.

— Vão! Não temos mais como resistir! Recuem ou eles vão nos eliminar aqui mesmo. Sigam até as águas correntes. A sereia Yara já está pronta para guiá-las.

Algumas sereias se recusavam a sair sem sua rainha e abandoná-la em plena batalha.

— Não vamos deixá-la aqui... Vamos lutar até o fim. Essa é nossa missão, por isso nos tornamos guerreiras de Yguaçu. Vamos defender nossa rainha e nosso vilarejo, mesmo que isso custe nossas vidas.

— Andem, isso não é um pedido, é uma ordem! E não temos tempo para discussões. Corram até as comportas e depois nadem o mais rápido que puderem até o Encontro das Águas. Defendam o nosso povo e nossas tradições. Defendam o vilarejo de Yguaçu! — A rainha insistiu em sua decisão.

— Que os deuses nos protejam desse mal!

As sereias obedeceram às ordens de sua rainha e partiram em retirada rumo às comportas. Enquanto isso, Saori mantinha a enorme bolha de água como escudo impedindo a aproximação de qualquer um e os vários ataques de fogo que viam pelo alto. Alguns guerreiros das sombras dominadores das Águas tentavam de todas as formas desmanchar o escudo criado pela rainha de Yguaçu, que se via cada vez mais cercada pelos guerreiros das sombras. Ao longe, já era possível ver o mestre das sombras Zoukar se aproximando do escudo e exibindo Sarah como um troféu.

— Desista, rainha Saori! Você sabe muito bem que esse escudo não será capaz de me deter. Renda-se, e eu farei de você, minha rainha. Juntos vamos dominar toda a floresta e você continuará conduzindo suas sereias dominadoras da Força das Águas, só que dessa vez como guerreiras do exército das sombras. Assim como Sarah, ou melhor, Soraia.

Zoukar esperou uma resposta somente por alguns segundos, tempo suficiente para se aproximar ainda mais da rainha das Águas.

— Então, minha Rainha? Vai se render ou terei que destruir você e tudo o que resta do seu vilarejo?

A rainha Saori era conhecida como uma sereia forte e destemida, era a maior dominadora da Força das Águas de todo o vilarejo e certamente não se deixaria seduzir por promessas que afrontassem seu povo.

— Eu jamais aceitarei essa proposta. Você invadiu meu vilarejo, matando e aprisionando meu povo, destruindo nossos lagos e vegetação e ainda tem a coragem de me propor algo? Saiba que eu morrerei lutando até o fim com a esperança de que o jovem príncipe guerreiro de Arawak, o escolhido pelos deuses irá derrotá-lo ainda hoje.

Zoukar não era nada paciente com seus adversários, e assim foi mediante a negativa e afronta da rainha Saori.

— Que assim seja! Você escolheu seu destino!

Após essas palavras, Zoukar lançou um raio rompendo o escudo que protegia a rainha de Yguaçu, em seguida, atacou-a com um golpe mortal, através de uma pequena centelha de fogo atingindo seu coração. No instante em que a bela sereia e rainha do vilarejo de Yguaçu caía ao chão, infinitas gotas de água que até então formavam seu escudo caíam sobre seu corpo em meio a toda aquela destruição como uma fina chuva prateada.

Faltavam poucas horas para o amanhecer, Zoukar e seu exército das sombras tinham apenas mais um desafio para dominar por completo o vilarejo de Yguaçu: destruir o Encontro das Águas dos rios Negro e Dourado.

A batalha desta noite havia sido bem mais fácil do que o esperado. Com a rainha Saori eliminada e o Riacho das Águas dos Sete Mares sob seu poder, não seria difícil dominar e escravizar um povo já apavorado com tanta destruição e sentindo a perda de sua rainha.

— Hoje ao amanhecer tomaremos todo o vilarejo de Yguaçu. Assim que destruirmos o Encontro das Águas daremos um grande passo para a dominação da Floresta dos Cinco Poderes e transformaremos tudo em sombra e destruição. Acredito que o príncipe escolhido pelos deuses, de quem tanto se falou, não teve coragem de nos enfrentar! Assim como os famosos guerreiros de Arawak. Largaram essas pobres sereias à sua própria sorte. Num passado não muito distante, nós perdemos uma grande batalha no mesmo lugar para onde vamos, no Encontro das Águas dos rios Negro e Dourado, mas desta vez será diferente, porque estamos preparados e muito mais fortes. Nós vamos destruir todos! Nós vamos destruir Yguaçu de uma vez por todas! Vamos dominar o Encontro das Águas!

O discurso de Zoukar desta vez veio acompanhado de muitos gritos e inúmeras comemorações. Apesar das sereias terem destruído as comportas que davam acesso rápido ao Encontro das Águas dos rios Negro e Dourado, todos sabiam que não estavam muito distantes de seu objetivo. Era uma questão de horas, de algumas poucas horas até a batalha final em Yguaçu. Assim que a alvorada da manhã chegasse, eles estariam lá para um novo confronto, uma nova batalha.

O ato heroico da rainha Saori possibilitou que as sereias escapassem a tempo até o Encontro das Águas. Assim que chegaram às águas escuras e douradas dos rios, todo o povoado que aguardava ansioso às margens por boas notícias sentiram que estavam em perigo, já que entre as sereias dominadoras e guerreiras que saíam das águas não havia nem sinal de sua rainha Saori.

Estava cada vez mais difícil para o povo de Yguaçu, já que não havia ninguém na linha de sucessão do reinado. Quem tomaria as decisões? Quem iria comandar o exército das guerreiras agora? Infelizmente essa não era a primeira vez que algo assim acontecia. As rainhas de Yguaçu eram reconhecidas por suas bravuras e estiveram sempre à frente nos campos de batalhas. Seu povo ainda aguardava o retorno de uma herdeira do trono que desapareceu ainda bebê em meio às águas do rio Negro. Dizem que o rio levou a pequena princesa para protegê-la das maldades e ataques de Zoukar.

O tempo não estava sendo um aliado do povo de Yguaçu e, a cada hora que se passava, todos sabiam que estava mais próxima a chegada do exército das sombras.

A noite chegava ao fim e Akemi se preparava juntando suas guerreiras para mais uma batalha, onde todas sabiam muito bem que precisariam de um milagre para vencer, pois estavam em total desvantagem.

Quando os primeiros raios solares começavam a cortar a escuridão da noite, uma luz apontou para o que parecia ser realmente um milagre enviado pelos deuses: descendo um campo verde, ao sul do vilarejo, onde corriam as águas douradas, os guerreiros de Arawak com seus estandartes vermelhos e dourados surgiam como uma miragem, guiados por um jovem guerreiro escolhido pelos deuses e destinado a se tornar o príncipe da floresta. Joe, montado em seu cavalo branco, liderava seu exército ao lado de seus mestres e dominadores de quatro das cinco Forças da Natureza. Eram sem dúvida os mais fortes guerreiros de toda a floresta.

Akemi agradeceu aos deuses pelo que via à sua frente, mas para o seu desespero, do outro lado do Encontro das Águas, no lado norte, nas águas do rio Negro, Zoukar e o exército das sombras também se aproximavam. Foi então que Akemi ordenou que todas as guerreiras do vilarejo atravessassem para o lado do rio Dourado e se juntassem ao exército de Arawak.

— Vamos, andem logo! Não há mais tempo a perder, logo Zoukar e o exército das sombras chegarão. Precisamos atravessar e lutar junto com os guerreiros de Arawak. Aquele é o príncipe escolhido pelos deuses. Nós perdemos as batalhas, mas ainda podemos vencer essa guerra.

Imediatamente as sereias começaram a fazer a travessia das águas para o outro lado. Aquele era o ponto mais estreito entre os rios, com apenas 200 metros de uma margem a outra, mas era também o ponto mais profundo, por isso as cores do Negro e do Dourado ganhavam ainda mais intensidade naquela localização dos rios.

Em poucos minutos todo o povo de Yguaçu estava ao sul das águas e do vilarejo. Não demorou muito para Joe e os guerreiros de Arawak chegarem. Estranhamente, naquele momento, duas das maiores Forças da Natureza também se encontravam no céu. Ao leste, o Sol começava a brilhar num intenso dourado já iluminando boa parte de Yguaçu, e ao oeste, a Lua, mesmo sem a escuridão de outrora insistia em permanecer no céu, era um fenômeno raro na floresta, duas forças ocupando ao mesmo tempo o céu. E no solo de Yguaçu outras duas forças também estavam prestes a travar uma nova batalha, era a luta do bem contra o mal.

Zoukar e seu exército das sombras avançavam pelo lado norte do vilarejo, tomando seu lugar para a batalha no lado negro das águas do encontro dos dois grandes rios; no lado sul, nas águas douradas, estavam todo o povo de Yguaçu e Joe com seus guerreiros de Arawak. Era a primeira batalha de Joe, mas ao seu lado havia grandes guerreiros acostumados com confrontos. O urso sábio e mestre na dominação da Força dos Raios, o velho Minoru, logo tratou de procurar pela rainha de Yguaçu.

— Quem está no comando aqui? Onde está sua rainha Saori? Vejo que não teremos muito tempo, as tropas de Zoukar já estão se aproximando e logo tomarão posição de combate.

Akemi se apresentou rapidamente como líder de seu povo e relatou os acontecimentos da noite anterior.

— Sou Akemi, guerreira de Yguaçu, sereia dominadora das Forças das Águas, da Lua e dos Raios! Infelizmente as notícias que tenho não são nada animadoras, as duras batalhas dessa noite nos trouxeram a nossa maior perda! A rainha Saori se sacrificou na batalha travada no Riacho das Águas dos Sete Mares para que pudéssemos fugir e procurar por ajuda.

Uma lágrima, apenas uma lágrima, derramada dos olhos de Minoru foi o suficiente para demonstrar toda sua dor. Após fechar os olhos e respirar profundamente o ancião voltou a falar:

— Não podia se esperar outra coisa de uma rainha de Yguaçu! Perdemos uma grande guerreira! Não vamos permitir que isso seja em vão! Vamos lutar. Vamos vencer! Por Yguaçu e por todas as sereias! Esse é o exército dos guerreiros do Sol. Ao meu lado está o escolhido pelos deuses, o príncipe guerreiro de Arawak, Joe, um dominador de quatro das cinco Forças da Natureza e o único capaz de dominar a Força dos Espíritos. Vamos honrar seu povo e a memória de sua rainha. Junte suas guerreiras e dominadoras ao nosso comando e vamos expulsar o exército das sombras e Zoukar do vilarejo de Yguaçu!

Enquanto Minoru discursava diante dos guerreiros, do outro lado o exército das sombras já se encontrava devidamente posicionado para o ataque, esperando somente pela chegada de seu líder Zoukar, que já apontava montado em seu cavalo negro com asas e um enorme chifre cavalgando ao fundo de seu exército.

Joe adiantou-se à frente de todos, montado em Mégalos, seu cavalo branco, ficando às margens do Encontro das Águas e ordenando seus guerreiros.

— Todos em posição! Infelizmente não temos mais tempo, vejam as margens do outro lado do Encontro das Águas aquele é o exército das sombras já preparado para o combate.

— Essa é uma batalha em Yguaçu, onde a Força das Águas é ainda mais forte, por isso vamos traçar nossa estratégia na Força de dominação das Águas. Formem uma linha à frente com as sereias e dominadoras das Águas, vocês serão lideradas pela princesa Kirah. Turak e os dominadores da Força do Sol fiquem logo atrás, a luz do Sol vai fornecer energia suficiente para seus ataques. Dominadores da Força da Lua, vamos usar esse fenômeno raro no céu de Yguaçu, com essa Lua que nos abençoa com sua presença nessa manhã. Trina, você vai comandá-los, mas não antecipe suas ações, deixe para usar seus poderes de transformação após descobrirmos qual será a estratégia dos guerreiros das sombras. Dominadores de Raios e mestres em lutas e espadas fiquem atentos ao meu comando! Vamos mostrar a Zoukar que toda a floresta está unida para vencê-lo.

As várias horas de treinamento e ensinamento tinham deixado Joe mais forte e confiante e com sua Espada Lúmen em punho, Joe era sem dúvida o mais poderoso dominador das Forças da Natureza de toda a floresta. Mas uma pergunta ainda precisava de resposta: Será que ele seria forte o bastante para derrotar o grande mestre Zoukar?

Do outro lado do rio uma imagem voltou a aterrorizar a todos: Zoukar montado em seu cavalo, vestido com um manto negro, destacando o vermelho profundo em seus olhos, à frente de uma cavalaria de dominadores das mais variadas Forças da Natureza ao seu comando. Grandes guerreiros que se renderam às forças de Zoukar ou simplesmente decidiram abandonar seus vilarejos de origem para servir a força do mal.

O mestre Minoru rompeu o silêncio instaurado nesse momento.

— Ele está mais forte do que eu me lembrava em nosso último encontro! E seus dominadores também estão em maior número do que eu esperava! O vermelho em seus olhos é um sinal de que ele domina a Poder das Sombras, a Força das Trevas!

De fato, a imagem que se tinha do outro lado do Encontro das Águas era de que as trevas haviam tomado conta de todo lado norte do vilarejo de Yguaçu. A partir do dourado das águas tudo era negro e escuro. Atrás do exército das sombras, uma vasta destruição dos campos em cinzas, pegando fogo, deixados pelos guerreiros de Zoukar, matando tudo o que encontrasse pela frente.

Akemi não conseguiu ignorar uma imagem ao lado de Zoukar.

— Vejam ao lado de Zoukar! Usando roupas em preto e vermelho. Apesar da estranha aparência e do véu sobre seu rosto, eu tenho certeza que aquela é Sarah, ela é uma sereia de Yguaçu.

O espanto de Akemi foi tão grande que mesmo do outro lado do rio, Zoukar foi capaz de ouvi-la.

— Há! Há! Há! É isso mesmo. Mas eu não diria que ela é exatamente a Sarah. Agora ela é uma princesa das sombras e seu nome é Soraia, futura rainha das ruínas de Yguaçu. Há! Há! Há! Ora...ora... Vejo que o tão falado príncipe Joe, o príncipe guerreiro escolhido pelos deuses, enfim saiu da toca dos macacos! Isso realmente me impressiona, achei que tivesse deixado claro a você em seus sonhos quem sou e do que sou capaz. Sua presença aqui com seus soldadinhos só demonstra que você não passa de um menino, um boneco nas mãos daquele velho bruxo chamado Tarú ou não sabe onde realmente se meteu! Veja mais ao fundo de onde estamos, já destruímos tudo, desde o portão na entrada norte até aqui. Até mesmo a pobre rainha Saori, após recusar meu generoso convite de torná-la rainha das sombras ao meu lado, eu tive que ... como posso dizer... destruí-la também — Zoukar gargalhava enquanto falava. — Jovem príncipe Joe, vou dar a você uma nova opção para que não acabe como a bela e jovem rainha de Yguaçu, e de quebra pouparei sua vida e a de seus soldadinhos. Renda-se a mim, submeta-se ao meu comando e juntos vamos dominar toda a Floresta dos Cinco Poderes. Vamos criar uma nova era no mundo mágico sem sonhos ou fantasias, apenas trevas e escuridão. Do contrário eu cuidarei pessoalmente de você enquanto meu exército destrói seus soldadinhos um a um. E depois vamos destruir todos nos vilarejos dessa maldita floresta! Então, o que você decide?

Assim que Zoukar falou em poupar os guerreiros, os olhos de Joe viraram para Kirah. Era evidente sua preocupação com o bem-estar da jovem princesa, mas Joe sabia muito bem que ela jamais o perdoaria se fizesse qualquer tipo de acordo com Zoukar, ele também não seria capaz de trair os ensinamentos de Tarú e todo o povo da floresta.

— Poupe suas palavras, Zoukar. Jamais me renderei a você e não haverá uma nova era no mundo mágico. Tudo será como sempre foi. Sou o príncipe guerreiro escolhido pelos deuses, o único ser capaz de dominar as cinco Forças da Natureza, destinado a enfrentar e derrotar você e seu exército das sombras. Eu sou o herdeiro da Espada Lúmen e farei justiça a todo povo da floresta, em especial a rainha Saori, pois esse é o meu destino e minha missão nesse mundo.

Zoukar tinha que admitir, o jovem Joe realmente parecia ter se tornado um guerreiro em pouco tempo. Agora restava saber se isso era apenas em palavras ou também em atitudes.

— Nesse caso, meu jovem, não me resta alternativa. Já está preparado para se juntar aos seus antepassados e a rainha de Yguaçu? Será um prazer destruí-lo, jovem príncipe. Vamos acabar de uma vez por todas com esse lugar. Exército das sombras, vamos atacar!

No mesmo instante em que Zoukar ordenou o ataque, o mestre das sombras abriu as águas dos rios Negro e Dourado mostrando sua forte dominação com as águas. Zoukar juntou as duas mãos com os braços esticados à sua frente e virando a palma, como se estivesse rasgando as águas por entre os dedos, abriu um caminho para que seus guerreiros mestres em lutas e espadas atravessassem os rios, iniciando assim, o combate de forma frontal, corpo a corpo entre os guerreiros.

Joe jamais havia visto um rio ser separado ao meio, abrindo um caminho entre seu curso. Olhou para as dominadoras da Água e disse:

— Vamos Kirah e Akemi! Preciso que desfaçam essa dominação antes que os guerreiros venham nos atacar em nosso solo e furem nossa linha de defesa.

Os guerreiros mestres em lutas e espadas do exército das sombras já avançavam por boa parte do caminho, quase chegando ao outro lado do rio.

As sereias e dominadoras da Força das Águas tentavam de tudo para desfazer o feitiço de Zoukar. Kirah usava as mais avançadas técnicas de dominação, mas sem nenhum resultado prático que conseguisse inverter o feitiço de separação das águas.

— Príncipe Joe, essa dominação é muito forte! Não consigo revertê-la.

Akemi completou a frase de Kirah com uma notícia ainda mais desanimadora.

— Sem a rainha de Yguaçu será impossível desfazer essa dominação.

Joe sabia que não poderia contar com essa possibilidade e precisava que sua tropa de mestres em lutas e espadas lideradas por Yan entrasse no caminho feito por Zoukar, entre as águas dos dois rios, montando uma linha de defesa nas águas douradas.

— Guerreiros de lutas e espadas, impeçam o avanço das tropas de Zoukar! Vamos combatê-los no rio.

O mestre Yan e seus guerreiros avançaram imediatamente em direção ao caminho existente entre as águas dos rios.

— Vamos, guerreiros! Esse é o nosso momento, foi para isso que treinamos e foi para esse dia que fomos criados pelos deuses. Guerreiros de Arawak, vamos avançar...

Ninguém podia prever que essa batalha se iniciaria com os guerreiros em combates de luta corpo a corpo, enquanto os dominadores aguardavam pela hora certa. Um confronto cruel de lutas e espadas sendo travado em meio as águas dos rios Negro e Dourado.

O mestre em lutas de Arawak, filho do Sol, Yan, apesar de sua pouca idade, possuía uma habilidade admirável, e com uma extrema velocidade seguia derrubando um a um os seus oponentes. Do outro lado também havia um forte guerreiro, o destemido e cruelmente conhecido como Decapitor, um impiedoso mestre de espadas das sombras. Nesse momento uma luta paralela começava a ser travada em meio ao caos com os dois mais fortes guerreiros em lutas e espadas frente a frente.

Zoukar parecia estar certo de que seu guerreiro sairia vitorioso desse combate, abrindo caminho para sua conquista total do vilarejo de Yguaçu.

Yan se defendia, mas não conseguia impedir que alguns golpes o atingissem em seus braços e pernas. Tentava achar uma fraqueza para golpear seu adversário, que por sua vez se movia cada vez mais rápido e confiante com golpes ainda mais certeiros, procurando eliminar de uma vez por todas o jovem mestre Yan.

Joe pensava em como poderia interferir a favor de seu guerreiro naquele instante, e o sábio Minoru lhe aconselhou sobre uma lição ensinada por ele há pouco tempo.

— Não se pode interferir na luta entre dois mestres guerreiros. Isso desagradaria aos deuses. Tudo o que podemos fazer nesse momento é esperar por nossa oportunidade de lutar com honra e fé.

Entre as águas dos rios Negro e Dourado, Yan resistia com muita bravura aos golpes sofridos em combate pelo Decapitor. O encontro das lâminas de aço puro produzia um som estridente com faíscas, que explodiam a cada golpe. Quando menos se esperava, uma rasteira traiçoeira derrubou Yan de costas sobre o solo áspero de pedras do fundo do rio e o guerreiro das sombras se preparou para o golpe final.

Por um instante, os olhos de Zoukar e Joe pararam de se estudar e olharam para o mesmo lugar. Zoukar vendo sua vitória cada vez mais próxima acenou para o avanço dos seus guerreiros dominadores das Águas. Joe, quase incrédulo no que estava vendo, torcia para que Yan conseguisse se recuperar e não sofresse um golpe fatal.

Entre as águas todos pareciam estar imóveis naquele momento que certamente iria definir o combate entre os dois mestres lutadores. A morte de um líder, de um mestre, abalaria a confiança de seus guerreiros, e Yan estava ao chão, sem sua espada, na sua frente, um impiedoso oponente. O Decapitor levantou sua espada sobre a cabeça para o golpe final. Foi quando, em um movimento ainda mais rápido, Yan virou-se dando uma cambalhota, alcançando sua espada e posicionando-se. Com um joelho ao chão, aplicou um golpe certeiro no coração de seu oponente. O Decapitor caiu sem vida ao chão. Joe não conseguia acreditar na incrível virada de jogo que seu mestre e guerreiro Yan conseguira realizar.

Zoukar segurou o avanço de seus dominadores das Águas, planejando uma punição aos seus guerreiros que começaram a recuar após a derrota de seu mestre em luta e espadas. Estendeu os braços novamente até a altura dos ombros e batendo as mãos uma única vez em direção às águas dos rios, desfez o feitiço de separação das águas. De repente, uma enorme onda se formou vinda de ambos os lados de baixo para cima e arrastando tudo e todos que lutavam entre as águas dos rios.

O forte impacto das águas espirrou como uma grande rajada de água para o alto, espalhando sobre os rios várias espadas, pedaços de roupas e vários guerreiros que tentavam sobreviver nadando até as margens dos rios. A ideia de punir a todos era uma atitude tão cruel de se imaginar que Joe não pensou duas vezes antes de dar sua próxima ordem.

— Sereias de Yguaçu, abandonem a linha de defesa, salvem e tragam nossos guerreiros de volta à margem do rio Dourado, não deixem que se afoguem ou que sejam capturados por Zoukar.

— Ele não devia ter feito isso! Havia muitos guerreiros no caminho. Zoukar não poupou sequer a vida seus guerreiros.

De fato, só havia uma palavra para descrever o que estava acontecendo nas águas, UMA CRUELDADE! Então, Turak, indignado com o que via, falou para Joe:

— Ele usou seus próprios guerreiros para dar uma lição para todos os outros. Vencer não é uma opção e sim uma obrigação com ou sem honra, apenas vencer! Esse é o lema das sombras.

Para Zoukar pouco importava o que pensavam sobre ele, o importante era deixar claro ao seu exército das sombras que não existe tolerância para o fracasso. E a partir desse momento, a batalha tomava um novo rumo. Terminado o primeiro confronto, Zoukar não estava mais disposto a seguir os rituais de combate, agora a guerra seria aberta e sem regras.

— Guerreiros das sombras, dominadores da Lua, venham até mim, transformem-se em feras marinhas e dominem as águas desses rios.

Nesse momento, gigantescas serpentes de duas cabeças, com olhos vermelhos e pele escura, entraram no rio Negro quase que desaparecendo em meio à escuridão das águas, destacando-se apenas por seus olhos avermelhados.

— Veja, príncipe Joe. Olhe para as águas do rio Negro! São criaturas malignas dominadoras da Lua, precisamos impedir que dominem as águas. — Trina chamou a atenção de Joe para o que estava vindo.

Joe ainda tentava ver se Yan havia sobrevivido ao golpe traiçoeiro de Zoukar em meio aos vários guerreiros resgatados pelas sereias e ainda não havia percebido o novo movimento nas águas do rio Negro.

— Vá... Vá, Trina, junte-se as dominadoras da Lua e impeça o avanço dessas criaturas.

Assim que Trina recebeu autorização para entrar em combate, juntou todos os dominadores da Força da Lua e entraram no rio Dourado transformando-se em enormes arraias de cor azul e cauda extremamente venenosa nadando em direção ao encontro das serpentes de duas cabeças.

Enquanto isso, Zoukar coordenava outro ataque pelo alto com os dominadores dos Raios escurecendo o céu com uma forte tempestade.

— Dominadores das sombras, vamos fazer chover raios e rajadas de vento sobre os soldadinhos de Arawak. Que eles sintam a força de uma tempestade e o poder da escuridão.

Após o retorno da última sereia vinda do resgate aos seus guerreiros em meio às águas dos rios, Joe ainda esperava um sinal de vida do seu amigo e mestre Yan! Com tantos ferimentos e a inesperada onda gerada de forma desleal por Zoukar, era quase impossível que ele tivesse sobrevivido, mas o jovem príncipe mantinha sua esperança. Joe sentiu uma enorme força surgir dentro de si e, percebendo os movimentos de Zoukar, decidiu por uma nova estratégia de combate para pôr fim a tudo aquilo.

— Sereias dominadoras das Águas, criem um escudo para nos proteger dessa tempestade. Dominadores da Força dos Raios, preciso que criem uma tempestade ainda maior do que a que Zoukar criou. Não vamos tentar impedir sua formação, vamos aproveitar a falta de visão e deixar tudo ainda mais escuro, tão escuro que seja impossível ver o que está à sua frente. Mestre Minoru, como podemos fazer para criar uma passagem que levem nossos guerreiros do Sol até o outro lado do rio onde possam atacar o exército das sombras às margens do rio Negro?

Atacar Zoukar desprevenido realmente poderia ser uma boa saída. Se ele não pudesse prever o que estava por vir, não poderia contra-atacar. O sábio Minoru lembrou-se que eles estavam próximo à parte mais estreita do Encontro das Águas. Ele também se lembrou de uma grande e lendária árvore que existia às margens do rio Dourado, e logo teve uma brilhante ideia.

— Já sei como fazer. Vamos posicionar nossos guerreiros bem atrás das linhas de ataque de Zoukar. Preciso de outro dominador da Força dos Raios comigo.

— Turak, você e seus guerreiros conseguem me acompanhar até o ponto mais estreito dos rios?

— Claro que sim!

O sábio mestre Minoru planejava criar uma travessia para o outro lado do rio. Se seus cálculos estivessem certos, ele faria uma passagem derrubando a grande árvore Hyperion sobre os rios criando uma espécie de ponte, fora das linhas de defesa do exército das sombras e longe da visão de Zoukar, entre as margens do rio Dourado e do rio Negro.

— Vamos descer ao ponto mais estreito do Encontro das Águas, fica a poucos metros daqui. E tudo que precisamos fazer é derrubar a lendária árvore Hyperion que possui mais de duzentos metros de altura, criando uma ponte sobre os rios Negro e Dourado, mas se errarmos o ângulo na queda, nosso plano vai literalmente por água abaixo. O ponto mais estreito é também o mais profundo e onde as correntezas são ainda mais fortes. Um erro de cálculo e nossa ponte pode afundar e ser arrastada pela correnteza.

Enquanto Minoru, Turak e os guerreiros dominadores do Sol corriam rumo ao ponto mais estreito dos rios, camuflados pela intensa tempestade de chuva e raios, uma grande batalha se iniciava dentro das águas, com o encontro dos dominadores da Força da Lua transformados em criaturas marinhas. Visto do alto era um intenso colorido, gerando uma vasta mistura de cores nas águas, eram dos olhos vermelhos das serpentes de duas cabeças e do azul cintilante das arraias de caudas venenosas, misturadas nas águas dos rios Negro e Dourado.

Com a baixa visibilidade, Joe tentava avistar o posicionamento de Zoukar, mas a intensa chuva e os raios impediam sua visão. Zoukar também procurou ter uma visão melhor dos acontecimentos nas águas dos rios, o colorido em tons de azul e vermelho que começavam a chegar às margens davam a certeza de que a batalha nas águas entre os dominadores da Lua já estava sendo travada, o difícil era saber quem estava vencendo. Então, o mestre das sombras, ordenou aos seus dominadores:

— Esperem um pouco, tem muita nebulosidade no ar, precisamos ver o que está acontecendo nas águas e se nossos raios estão, de fato, atingindo as linhas de defesa de Joe e seus soldadinhos de Arawak.

Assim que a intensa tempestade abaixou, tanto Joe quanto Zoukar puderam ter uma noção exata do que estava acontecendo nas águas entre os dominadores da Força da Lua. Uma dura batalha, com perda para ambos os lados. A estratégia de dificultar a visão de Zoukar e manter um campo de proteção contra os raios de Joe havia dado certo, sua linha de defesa nada sofrera com as chuvas de raios disparados por Zoukar e os dominadores das sombras. Foi possível ver também que o jovem mestre Yan caminhava amparado por dois de seus guerreiros tentando recompor suas forças para retornar ao combate. Por outro lado, com o campo de visão recuperado, Zoukar logo notou que boa parte das tropas de Joe não estava mais ali.

— Onde estão os dominadores da Força do Sol, os guerreiros de Arawak? E aquele velho urso branco? Eles sumiram! Se preparem, aquele velho e os soldadinhos devem estar aprontando algo para nos surpreender! Vamos avançar! E acabar logo com isso.

Nesse momento, Zoukar abriu mão da estratégia e partiu para o confronto direto com Joe. Ele sabia que a maneira mais rápida de acabar com essa batalha era eliminando de uma vez por todas o jovem príncipe. Montado em seu cavalo negro de olhos vermelhos, partiu em um voo por sobre as águas ao encontro de Joe.

— Guerreiros das sombras, avancem pelos rios e destruam tudo!

A fala de Zoukar foi interrompida por um forte estrondo. Era o som da lendária árvore Hyperion caindo sobre as águas dos rios Negro e Dourado. O cálculo e a ideia de Minoru deram certo, a queda da árvore criou uma ponte sobre as águas, permitindo a passagem de Turak e dos dominadores da Força do Sol ao outro lado do rio, mas a força da queda e o barulho também revelaram a estratégia de Joe e Minoru a todos, incluindo Zoukar.

— Vejam ao leste... Eles estão atravessando os rios usando uma ponte. Guerreiros das sombras, destruam todos naquela ponte não podemos permitir que atravessem os rios.

Zoukar se preparava para dar meia volta voando sobre as águas dos dois rios em seu cavalo negro, na tentativa de atacar com fogo a ponte improvisada queimando todos que estivessem nela.

Joe percebeu as intenções de Zoukar e, com um leve toque de calcanhar em seu cavalo, Mégalos, transformou-o em um grande gavião voando em direção ao temido senhor do mal. Antes de partir ordenou.

— Kirah, junte todos os guerreiros e defendam a ponte, não permita que a destruam! Essa é nossa melhor chance de vencer essa batalha.

— Eu vou deter Zoukar de uma vez por todas.

Kirah não teve tempo sequer de rebater as ordens de Joe, o jovem príncipe voou em disparada montado em seu gavião para impedir que Zoukar destruísse a ponte improvisada, destruindo os guerreiros do Sol. Joe atacou com uma dezena de bolas de fogo em direção a Zoukar para atrair sua atenção.

Assim que Zoukar percebeu a aproximação de Joe, virou-se para ele e deu de cara com uma rajada de fogo vinda em sua direção, mal deu tempo de reagir ao ataque vindo de todas as partes. Zoukar desviava com extrema habilidade uma a uma, até que uma das bolas de fogo o atingiu de raspão em seu braço esquerdo. O ferimento não chegou a fazer muito estrago, mas ajudou a aumentar a ira de Zoukar.

— Enfim você resolveu me enfrentar, pequeno príncipe, e parou de se esconder atrás de seus soldadinhos! Agora vamos ver do que você é capaz de fazer quando não está protegido por aquele velho feiticeiro, Tarú, que não passa de uma tartaruga centenária!

No alto, acima de tudo e de todos, uma águia azul sobrevoava, apenas observando todo o cenário abaixo.

Os guerreiros de Arawak, dominadores do Sol, mesmo em menor número já travavam sua batalha do outro lado do rio contra o exército das sombras que tentava, a todo custo, dominar a ponte improvisada por Minoru. Enquanto isso, Kirah e as sereias ajudavam a manter o avanço das tropas nas águas do rio Negro. No fundo das águas, as dominadoras da Força da Lua continuavam sua dura batalha, ainda longe do fim. No centro dessa guerra acontecia o confronto entre os dois maiores dominadores das Forças da Natureza: o jovem Joe, príncipe e guerreiro escolhido pelos deuses, e o senhor de todo o mal, Zoukar!

Após os ataques de Joe, Zoukar recuperou sua posição e contra-atacou o jovem príncipe com uma série de golpes usando três das cinco forças: Água, Fogo e Raios.

Uma rajada de água, usando o rio Negro, atingiu, por baixo, Joe e o gavião de forma inesperada, causando uma desorientação no pássaro e um desequilíbrio em Joe, que tentava a todo custo manter-se montado em seu gavião, enquanto várias chamas atingiam as asas de seu pássaro seguido de uma intensa tempestade de raios que cruzava o céu em direção ao jovem príncipe.

Kirah percebeu o perigo que Joe corria em pleno ar e alertou Seiti quanto aos raios, que usando todo seu conhecimento e domínio dos Raios, tentavam ajudar o jovem príncipe, desviando e impedindo que Joe e o gavião fossem atingidos.

Infelizmente, a quantidade dos raios era incrivelmente intensa e vinham de várias direções. Por mais que Kirah e Seiti se esforçassem, era uma questão de tempo para que um daqueles raios atingisse seu alvo. No momento em que Joe começava a se recuperar apoiado em uma das penas de seu gavião, um forte raio vindo em linha reta em grande velocidade atingiu seu peito, causando um brilho intenso no céu, derrubando Joe e o gavião sobre as águas do rio Negro.

Por um breve instante, tudo parou. Os segundos que antecederam o impacto de Joe nas águas do rio Negro pareciam uma eternidade para todos que viam o jovem escolhido pelos deuses como a maior esperança de todos na floresta caindo desfalecido sobre as águas escuras do rio Negro. Após alguns segundos foi possível ver o impacto nas águas e o enorme pássaro sendo arrastado pela forte correnteza enquanto Joe afundava nas águas do rio Negro, sumindo lentamente em meio à escuridão profunda do rio.

Zoukar deu mais uma volta, sobrevoando em seu cavalo negro, observando o local exato da queda, certificando-se de que Joe não tivesse resistido ao duro golpe. Logo em seguida, direcionou seus ataques para a ponte improvisada, ao leste dos rios, enquanto os guerreiros de Arawak ainda olhavam incrédulos para as águas à procura de seu líder. Foi quando Zoukar ordenou que seu exército das sombras avançasse e dominassem seus inimigos.

— Pobre príncipe, infelizmente não durou muito o seu reinado em Arawak e na Floresta dos Cinco Poderes. Há!

Há! Há! Há! Há! Vamos! Prendam todos os dominadores das Forças da Natureza.

Turak e os dominadores da Força do Sol lutavam com extrema bravura, resistindo ao avanço do exército das sombras, enquanto algumas sereias dominadoras das Forças das Águas resgatavam o grande gavião desfalecido à margem do rio Negro.

No céu, o voo discreto de um pequeno pássaro que acompanhava o jovem príncipe desde sua partida de Arawak passava despercebido por quase todos que estavam no combate, menos pelo velho e sábio Minoru, que o acompanhava de longe. De repente, a pequena águia azul mergulhou em um voo reto em direção às águas do rio Negro, exatamente no ponto onde Joe havia desaparecido. A pequena águia de luz, como era conhecida o espírito da mãe natureza, era a maior representação de esperança para todos na floresta e quem sabe também o último fio de esperança para o jovem príncipe Joe.

O pequeno pássaro atingiu as águas do rio Negro transformando-se em uma água-viva, nadando em direção ao corpo de Joe que permanecia completamente desacordado, afundando lentamente nas águas escuras do rio Negro, enquanto uma conhecida voz sussurrava em seus ouvidos.

— Acorde, Joe! Acorde, você precisa lutar. Esse não é o seu fim. Sinta a Força dos Espíritos e o poder da natureza. Você é o escolhido pelos deuses, o único ser de toda a floresta capaz de dominar as cinco Forças da Natureza. Não desista agora...

O som ficava cada vez mais forte à medida que a água-viva se aproximava de Joe, nadando ao seu redor como se o envolvesse, protegendo-o do pior. Com um leve toque em seu peito, a água-viva gerou uma descarga de energia, causando uma forte contração em seu corpo, no mesmo instante em que a Espada Lúmen se iluminou com um brilho tão intenso quanto a luz do Luar. O forte brilho em tom prateado clareou toda a escuridão das águas do rio Negro, chamando a atenção de todos que lutavam às margens do Encontro das Águas, inclusive a de Zoukar, ainda montado no seu cavalo negro. Kirah também se assustou ao ver as águas do rio Negro tão iluminadas. Olhou para o fundo do rio para entender o que se passava, incrédula, respirou fundo, não acreditando no que seus olhos viam. Antes que ela anunciasse, foi Zoukar quem revelou o que se passava nas águas do rio Negro também não acreditando no que estava vendo.

— IMPOSSÍVEEEL! ELE NÃO PODE TER SOBREVIVIDO AO RAIO E A UMA QUEDA TÃO GRANDE!

Logo após as palavras de Zoukar, foi a vez de Kirah soltar um grito:

— VEJAM, É O PRÍNCIPE JOE! ELE ESTÁ VIVO! ELE ESTÁ VIVO!

A luz que nascia da Espada Lúmen e cruzava o peito do jovem príncipe era a Força dos Espíritos sendo liberada e iluminando Joe com seu poder. As forças Yin Yang, onde Yin é o feminino, a terra, a noite, o escuro; e Yang é o masculino, o céu, o dia, a luz, traziam Joe de volta à vida, levando-o à superfície das águas. Ele estava ainda mais forte e poderoso, era o seu primeiro contato com a Força dos Espíritos, e Joe se sentia ainda mais forte e iluminado pelo brilho da Espada Lúmen.

O jovem príncipe Joe ressurgiu das águas em direção ao seu oponente. Joe não contava com seu fiel parceiro Mégalos para alcançar Zoukar, que sobrevoava no céu do vilarejo. Então usou a dominação das águas, criando um enorme redemoinho negro e dourado que nascia do encontro dos dois rios em direção ao céu. Como se fosse levado por um tornado em movimentos circulares, deixando Zoukar tonto com tanta rapidez...

A batalha nas águas em meio ao encontro dos rios Negro e Dourado voltava a acontecer em várias frentes pelo exército das sombras e pelos guerreiros de Arawak, que retomaram suas esperanças após o retorno do jovem príncipe. A imagem que todos tinham nesse momento era de Zoukar sendo engolido por um enorme redemoinho de água, girando em uma velocidade incrível, sendo dominado por Joe. A luta entre o bem e o mal certamente estava chegando ao fim e Joe aparecia no alto, sobre as águas, empunhando a Espada Lúmen, esperando o momento certo para um golpe fatal.

Zoukar, ainda incrédulo com o fato de alguém sobreviver a um raio e a uma queda tão grande, tentava achar uma maneira de acabar com Joe, já que em seu retorno das águas do rio Negro, o jovem príncipe parecia ainda mais forte por encontrar a Força dos Espíritos.

O céu começou a escurecer e o redemoinho se transformou em uma enorme tromba-d'água em meio ao Encontro das Águas. Elevar as águas de um rio àquela altura não era pouca coisa. Joe e Zoukar começaram a travar uma nova luta corpo a corpo. Era a luta da luz contra a escuridão, do bem contra o mal. Golpes e magias faziam surgir raios e trovões novamente no céu do vilarejo de Yguaçu, até que um enorme clarão voltou a iluminar todo o céu, possivelmente gerado a partir de um golpe que atingia seu oponente.

No alto, poucos segundos antes do clarão, foi possível ver a imagem de Joe flutuando sobre as águas, empunhando a poderosa Espada Lúmen acima de sua cabeça e descendo em direção a Zoukar, que olhava quase sem reação, assustado pela incrível demonstração de força e domínio das Águas exibida nesse momento pelo jovem príncipe Joe. A imagem do clarão que se viu foi causada pelo forte impacto do ataque mútuo de Joe vindo pelo alto e Zoukar em uma tentativa desesperada de contra-atacar de baixo para cima. Ambos procurando pôr fim a essa batalha eliminando seu oponente.

A enorme tromba-d'água então se desfez como uma forte cachoeira, espalhando água por todos os lados; o céu voltou a se abrir tão azul e ensolarado quanto antes. Não havia nenhum sinal de Joe ou Zoukar, e tanto o exército das sombras quanto os guerreiros de Arawak deixaram as lutas de lado para procurarem seus líderes.

Kirah percorria com os olhos por todo o leito do rio à procura de um sinal do jovem príncipe.

— Vejam, é o príncipe Joe caído às margens do rio Dourado! Ele sobreviveu! Ele está vivo! Ele está vivo!

Enquanto Kirah, Turak e Minoru corriam ainda preocupados com Joe às margens do rio, os comandantes do exército das sombras já sem esperança de encontrar seu mestre com vida aproveitaram a distração dos comandantes de Arawak e partiram em retirada, dando como perdida a batalha nas águas.

A poucos metros dali, Kirah ajoelhou-se, colocando a cabeça de Joe ainda desacordado em seu colo.

— Joe, acorde! Acorde, por favor! Acabou a batalha, acabou! Você venceu! Nós vencemos!!!

Kirah abaixou-se, colocando sua cabeça no peito de Joe, torcendo para que o jovem príncipe desse um sinal de vida. Joe acordou, tossindo e cuspindo boa parte da água que havia lhe afogado minutos antes. Em seu rosto, um sinal claro de felicidade, não só pelo que acabara de ouvir, "Nós vencemos!", mas também por acordar nos braços de Kirah.

Minoru recolheu a Espada Lúmen entre os galhos da árvore Hyperion e a levou até o jovem príncipe enquanto os guerreiros de Arawak abriam caminho saudando seu líder e guerreiro.

— Esse é o nosso príncipe! Dominador das cinco forças da natureza! Príncipe da floresta! Líder e guerreiro de Arawak.

— Viva o príncipe Joe! Viva, viva, viva!

Com o fim do combate, as águas dos rios Negro e Dourado voltaram ao seu curso normal, correndo em direção ao mar, cruzando a floresta e levando esperança a todos.

Ao sul, no alto da montanha, surgia a figura de Tarú com seu cajado contemplando a vitória de Joe e de todo povo da Floresta dos Cinco Poderes, apenas observando tudo do alto.

Com o amanhecer de um novo dia chegava também a hora de reconstruir o vilarejo de Yguaçu. E antes de partirem, Tarú, como grande líder e sábio da floresta, precisava nomear a nova rainha do vilarejo. Reuniu todos às margens do Encontro das Águas e, diante das sereias e guerreiras sobreviventes de Yguaçu, anunciou:

— Esse lugar sagrado da natureza e protegido pelos Deuses das Águas já foi palco de inúmeras batalhas e confrontos entre o bem e o mal. Seu povo, as sereias de Yguaçu sempre demonstraram uma enorme força e bravura, lutando com honra e muita garra. Hoje, nesse dia de recomeço e de reconstrução, eu, mestre Tarú, tenho o orgulho de anunciar que o trono de Yguaçu volta para as mãos de uma descendente de sangue real, de uma princesa que há muitos anos foi trazida pelas águas para meus cuidados e afastada de seu povo para sua própria segurança e sobrevivência, mas hoje retorna ao seu lar. Uma sereia dominadora de três, das cinco Forças da Natureza. Princesa Kirah, esse é o seu povo, essa é a sua nação e para esse momento você foi preparada. Kirah, filha da rainha Kiarah, dominadora das Águas e de sangue real, eu a nomeio rainha das sereias. A rainha do vilarejo de Yguaçu!

— Viva a Rainha Kirah! Viva, viva, viva!

Kirah apesar de ter sido criada em Arawak entre os guerreiros e filhos do Sol sempre soube que sua origem vinha de Yguaçu, filha de uma grande rainha de seu vilarejo. Ao longo de sua vida, Tarú sempre a preparou como uma guerreira de sangue real para que um dia pudesse assumir seu vilarejo e seu povo.

Yguaçu voltava a ter esperança e hoje era um dia para superar as dores da batalha, seguir em frente e comemorar por sua nova rainha.

Kirah recebia os cumprimentos de Turak, Trina, Yan, Seiti e de todos os outros grandes guerreiros que conviveram com ela ao longo de sua vida, foi assim durante boa parte do dia, até que a jovem rainha avistou Joe sentado às margens do rio Dourado e decidiu caminhar em sua direção, sentando-se ao seu lado.

— Você não vai me cumprimentar? Achei que ficaria feliz por me tornar uma rainha.

Joe sabia que sendo ele o príncipe de Arawak, e Kirah, a rainha de Yguaçu, aquele seria também um momento de despedida.

— Sim, estou feliz por você Rainha Kirah! Eu só estava aqui pensando: A vida, às vezes, mais parece como esses dois rios, seguindo o mesmo curso, mas separados em seus caminhos. Acho que os meus parabéns vêm também com um adeus, já que agora você precisa cuidar do seu povo e eu do vilarejo de Arawak e de toda a floresta.

Àquela altura, o Sol já se despedia e ambos ainda não haviam notado o tempo passar, relembrando o duro caminho que os levou até aquele momento. A imagem que ficava era do pôr do sol brilhando sobre as águas dos rios Negro e Dourado e dos jovens Joe e Kirah sentados à sua margem.

Bem ao leste, longe das fronteiras de Yguaçu, onde as águas do rio corriam em direção ao mar, uma estranha imagem surgia caminhando lentamente em sua margem: era Zoukar, ao lado de seu cavalo negro. Ambos sobreviveram ao combate, perderam a batalha, mas certamente essa guerra estava longe de seu fim!

FIM

INFORMAÇÕES SOBRE NOSSAS PUBLICAÇÕES
E ÚLTIMOS LANÇAMENTOS

FACEBOOK.COM/EDITORAPANDORGA

TWITTER.COM/EDITORAPANDORGA

INSTAGRAM.COM/PANDORGAEDITORA

WWW.EDITORAPANDORGA.COM.BR

PandorgA